Die komatöse Frisöse

Hübsche und hässliche Geschichten aus Münster und der Welt

von O. W. Müberlin

Die hier entwickelten Figuren und Handlungen sind frei erfunden. Ähnlichkeiten mit verstorbenen oder lebenden Personen sind nicht gewollt und im Falle ihres Auftretens rein zufällig.

Impressum
O.W. Müberlin
c/o Block Services
Stuttgarter Straße 106
70736 Fellbach

Verlag: BoD · Books on Demand GmbH, In de Tarpen 42, 22848 Norderstedt
Druck: Libri Plureos GmbH, Friedensallee 273, 22763 Hamburg
ISBN: 978-3-7578-8607-3

Umschlagbild: Uzul – Streetart aus Münster

Als E-Book erschienen bei Amazon KDP

Mailkontakt zum Autor: o.w.mueberlin (at) web.de

Inhalt

Westfälischer Humor

Normalerweise haben Westfalen keinen Humor. Wozu denn auch, es gibt ja genügend Spaßvögel im Rheinland. Wenn sie klug sind, versuchen sie auch erst gar nicht, humorvoll zu erscheinen. Wenn man aber auf Westfalen trifft, die wider Erwarten doch Humor haben, kann es schlimm werden. Was diese Leute so von sich geben, ist manchmal nicht nur für Zugereiste, sondern auch für andere Westfalen nur schwer zu ertragen.

Anton ist einer dieser wenigen Westfalen, die Humor haben und auch nicht davor zurückschrecken, andere damit zu belästigen. Gern schaut er dich mit ernstem Blick an und sagt dann Dinge, die er selbst total lustig findet, du aber eher nicht. Und leider lässt er sich gelegentlich auch in der Öffentlichkeit zu humoristischen Auftritten verleiten, die an Peinlichkeit kaum zu überbieten sind. So war es auch an jenem Sommerabend im Edeka im Aegidiimarkt. Anton, Leo und ich waren dort, um uns mit Bier und Knabberzeug zu versorgen. Wir wollten den Tag auf unserer Lieblingsbank am Aasee gemütlich ausklingen lassen, wo die Sonnenuntergänge manchmal sensationell sind.

Die Schlange an der Kasse war recht lang. Leo war als nächster an der Reihe und kramte in seiner Hosentasche nach Kleingeld, um damit die beiden Bierdosen und die Erdnüsse zu bezahlen, die vor ihm auf dem Laufband lagen. Er konnte sich Zeit lassen, denn die junge Kassiererin mit den tätowierten Armen war gerade damit beschäftigt, eine neue Papierrolle einzulegen. Ich stand direkt hinter Leo und hatte ebenfalls Bier und Nüsse auf das Band gelegt. Hinter mir befanden sich wiederum eine ältere Dame, die Obst und Katzenfutter einkaufte, drei junge Männer, die sich auch mit Alkohol eindeckten, eine junge Frau mit einer Topfblume im Einkaufswagen und eine Mutter, die alle Hände voll zu tun hatte, um ihre beiden Kleinen von den im Kassenbereich aufgetürmten Schokoriegeln fernzuhalten. Der letzte in der Reihe war Anton. In der Beuge seines rechten Arms ruhten Bier und Knabberzeug, in der erhobenen linken Hand hielt er eine Illustrierte.

Es war die neueste Ausgabe des Playboy, der ebenfalls in unmittelbarer Nähe zur Kasse feilgeboten wurde. Das Cover zeigte eine rothaarige Frau, die auf einem Tigerfell lag, den Kopf des Tigers umarmend, und die nichts anhatte als Highheels aus Lackleder, die lasziv an ihren Füßen klebten. Ich zog den Kopf ein und wäre am liebsten im Boden versunken, denn ich ahnte, was nun kommen würde.

„Leo, du hast deine Zeitschrift vergessen!", rief Anton und wedelte so lange mit dem Playboy, bis ihn selbst die junge Mutter neugierig ansah, die gerade ihren

Widerstand aufgegeben und zwei Schokoriegel in ihren Einkaufswagen gelegt hatte. Leo versuchte, Anton zu ignorieren, doch es war klar, dass er mit dieser Strategie nicht weit kommen würde.

„Leo, du hast deine Zeitschrift vergessen!", rief Anton noch einmal. Dabei schaute er sich nach allen Seiten um, bis er sicher war, die ungeteilte Aufmerksamkeit des Publikums zu haben.

Die hübsche Kassiererin, die die Papierrolle inzwischen eingespannt hatte, quittierte seine Worte mit einem breiten Grinsen. Ich schüttelte den Kopf, denn ich wusste, wie eine solche Ermunterung auf Anton wirken würde.

„Das ist nicht meine Zeitschrift", erklärte Leo schließlich widerwillig. „Geh mir nicht auf den Geist!"

„Das ist gar nicht deine Zeitschrift?", sagte Anton mit gespieltem Erstaunen. „Wirklich nicht?"

„Nein, ganz bestimmt nicht!", sagte Leo.

„Das ist gar nicht seine Zeitschrift", ließ Anton daraufhin verlauten, wobei er die Kassiererin treuherzig anblickte. „Ich hatte mich auch schon gewundert, sonst liest er auch nix."

Lass es sein, Anton, dachte ich, lass es einfach sein. Doch natürlich ließ Anton es nicht sein.

„Ist das vielleicht deine Zeitschrift?", ging es nun wie erwartet mit mir als Opfer weiter.

„Nein, das ist nicht meine Zeitschrift!", gab ich wie aus der Pistole geschossen zurück, um den Prozess so weit wie möglich abzukürzen.

Anton nickte und ließ seinen Blick dann über die anderen schweifen, unter denen sich zunehmend Heiterkeit breitmachte. Und dann sagte ausgerechnet die ältere Dame mit dem Katzenfutter, der ich das am wenigsten zugetraut hätte, in meine Richtung: „Sind Sie wirklich ganz sicher, dass das nicht Ihre Zeitschrift ist?"

„Hat jemand eine Ahnung, wer hier seine Zeitschrift vergessen hat?", wandte sich Anton nun an die gesamte Runde. Und als niemand Anspruch auf den Playboy erhob, fügte er nach einer kurzen Pause hinzu: „Wenn sie keiner haben will, sollte ich sie vielleicht nehmen."

Als Anton den Playboy aufschlug und begann, aus dem Inhaltsverzeichnis vorzulesen, hingen alle an seinen Lippen. Auch ich stellte dabei keine Ausnahme dar.

„Reife Frauen verwöhnen dich, wenn du diese drei Tricks kennst", zitierte er. „Männeruhren für jede Lebenslage, auch für Taucher geeignet. Und was ist das? Parfümtrends, mit denen Dates zum Selbstläufer werden."

Dann fügte er mit gespielter Enttäuschung kopfschüttelnd hinzu: „Ach, das ist doch nur Werbung."

Endlich schien ein Thema seine Zustimmung gefunden zu haben: „Oh, hier ist vielleicht doch was Interessantes: Führen Socken beim Sex zu mehr Orgasmen?"

Doch das Dementi folgte umgehend: „Nein, eigentlich auch uninteressant. Natürlich führen Socken beim Sex zu mehr Orgasmen. Das wusste schon meine Oma. Ich möchte mal wissen, warum die das überhaupt erwähnen."

Mit einem Blick, der Unverständnis und Enttäuschung ausdrücken sollte, ließ Anton die Zeitschrift wieder dorthin verschwinden, wo er sie gefunden hatte, und sagte: „Ich glaube, ich warte auf die nächste Ausgabe, vielleicht ist die besser. Und außerdem, zu Hause habe ich ja auch noch die Zeit und die Süddeutsche…"

„Das war echt für den Arsch, Anton!", rief ich, als wir endlich wieder aus dem Edeka raus waren. Leo sagte nichts, doch er war blass um die Nase und das geschah nur, wenn er entweder aufgeregt oder wütend war.

„Wie oft habe ich dir gesagt, dass du uns mit so einer Scheiße verschonen sollst!", ließ ich meinem Ärger freien Lauf. „Wenn du dich unbedingt zum Narren machen willst, dann doch bitte, wenn wir nicht dabei sind, du durchgeknalltes Sackgesicht!"

Anton schlug die Augen nieder, als hätten ihn meine Worte tief getroffen. Doch ich wusste genau, dass er nur mit Mühe das Lachen unterdrücken konnte.

„Ehrlich, wie kann man sich nur so aufführen", lenkte ich schließlich ein, wieder friedlicher gestimmt, nachdem ich Dampf abgelassen hatte. „Und dabei bist du noch nicht mal besoffen…"

„Stimmt!", rief Anton daraufhin und fasste sich mit gespielter Überraschung an den Kopf. „Ich bin ja gar nicht besoffen. Ich denke schon die ganze Zeit, irgendwas stimmt hier nicht."

Dann riss er den Verschluss von seiner Bierdose und genehmigte sich einen tiefen Schluck. Der Rülpser, der folgte, war auch nicht von schlechten Eltern.

Nun ja, ich gebe zu, das war jetzt ein wirklich krasses Beispiel für fehlgeleiteten westfälischen Humor, keine Frage. Aber dafür wissen Sie nun aber auch ganz genau, was ich meine.

Bulderbü

Ich hatte einen in der Klasse, den nannten alle Bulderbü. Den Namen hatte er weg, weil er aus Buldern kam, wo es fast genauso schön ist wie in Bullerbü, das in den Romanen von Astrid Lindgren vorkommt. Während es Bullerbü aber streng genommen gar nicht gibt, gibt es Buldern sehr wohl. Buldern ist ein Dorf mit etwa sechstausend Einwohnern im westlichen Münsterland, das in den Siebzigern ein Ortsteil von Dülmen geworden ist. Einige Bulderner sind stolz darauf, dass Buldern den geographischen Mittelpunkt des Kreises Coesfeld bildet, anderen ist das wiederum egal.

Bekannt ist Buldern, wenn überhaupt, durch die literarische Figur des Tollen Bomberg und die ehemals in Haus Buldern angesiedelte Forschungsstelle für Vergleichende Verhaltensforschung des Max-Planck-Institutes, wo Konrad Lorenz Studien an Gänsen durchführte.

Während Konrad Lorenz, natürlich abgesehen von seiner Zeit in der NSDAP, in gesellschaftlicher Hinsicht eher als Langweiler galt, erwies sich Gisbert von Romberg, der die Vorlage für die Romanfigur des Tollen Bomberg bildete, schon in jungen Jahren als Stimmungskanone. Damit beeindruckte er seine Verwandten so sehr, dass sie versuchten, ihn wegen Trunkenheit und

Verschwendungssucht entmündigen zu lassen. Karnevalshistoriker gehen sogar davon aus, dass Gisbert alias Toller Bomberg zu den wenigen westfälischen Komikern gehörte, die das Zeug dazu gehabt hätten, auch im Rheinland ganz groß rauszukommen.

Buldern hat einen Bahnhof. Dieser wird nicht – wie sonst im Münsterland üblich, seit sich die Bahn in Westfalen aus der Fläche zurückgezogen hat – nur als Kulturzentrum oder Museum genutzt, sondern ist tatsächlich auch heute noch an das Schienennetz angeschlossen. Der Legende nach verdankt Buldern seinen Bahnhof dem Tollen Bomberg. Dieser soll auf der Strecke zwischen Münster und Dülmen immer wieder auf der Höhe von Buldern die Notbremse gezogen haben, um dort auszusteigen, zu urinieren und die wenigen noch verbleibenden Kilometer bis zu seinem Schloss zu Fuß zurückzulegen. Und die Bahn soll schließlich, schon damals vom Servicegedanken zutiefst durchdrungen, in Buldern den kleinsten Bahnhof des Münsterlandes errichtet haben, um dem adeligen Nichtsnutz die Betätigung der Notbremse zu ersparen.

Was mir an Buldern gefällt, ist aber keineswegs nur der Umstand, dass es dort einen echten Bahnhof gibt. Mir gefällt zudem, dass man den Namen dieses Dorfes auch als Verb benutzen kann, also um Tätigkeiten zu beschreiben. Etwa: Ich habe mal wieder kein Auge zugetan, meine Nachbarn haben die ganze Nacht gebuldert! So etwas geht selbst im Münsterland nur in Ausnahmefällen. Es geht beispielsweise nicht bei Drensteinfurt, fünfzehntausend Einwohner, südliches Münsterland, oder bei Borkenwirthe, eintausendeinhundert Einwohner, westliches Münsterland. Bei Olfen, dreizehntausend Einwohner, ebenfalls westliches Münsterland, geht es dagegen schon: Ach, hören Sie doch auf zu olfen, dadurch wird es auch nicht besser! Richtig gut funktioniert es bei Niederkrüchten, fünfzehntausend Einwohner: Die wollten mich niederkrüchten, doch ich habe es allen gezeigt! Und richtig gut funktioniert es auch bei Hamminkeln, achtundzwanzigtausend Einwohner: Wenn Sie noch einmal in meinen Vorgarten hamminkeln, rufe ich die Polizei! Allerdings liegen Niederkrüchten und Hamminkeln nicht im Münsterland, sondern im Regierungsbezirk Düsseldorf. Schade, aber nicht zu ändern.

Brokkoli

Ein US-amerikanischer Schriftsteller, mit dem ich auch aus anderen Gründen nicht viel anfangen kann, sagte einmal, Schokolade sei Gottes Entschuldigung für Brokkoli. Was mich angeht, wird eher andersherum ein Schuh daraus. Mir kann Schokolade gestohlen bleiben. Doch wenn es etwa Brokkoli-Nudeln oder Brokkoli-Reis gibt, gern geschmort mit Charlotten und angerichtet mit Pinienkernen, ist das für mich schon ein kleines Festmahl.

Manchmal kaufe ich mein Gemüse auf dem Wochenmarkt auf dem Domplatz, mitten in Münster. Dort sind die Sachen zwar nicht billig, aber immer frisch und von guter Qualität. An jenem Samstag Ende April, von dem ich nun erzählen möchte, hatte ich mich schon morgens um halb sieben dorthin auf den Weg gemacht. Ganz oben auf meinem Einkaufszettel stand ‚Brokkoli'.

Weil noch ein recht kühles Lüftchen wehte, kuschelte ich mich in meinen Parka und schritt zügig aus, um mich aufzuwärmen. Als ich auf dem Domplatz ankam, war dort noch nicht viel los. Der Markt schien erst gerade zu erwachen. Einige Händler waren noch dabei, ihre Ware auszupacken, andere standen zu zweit oder zu dritt zusammen und gönnten sich noch ein kleines Schwätzchen.

Doch als ich auf den Biobauernstand am Mittelgang zuging, hatte ich das Gefühl, dort schon erwartet zu werden. Münsterländer Platt schallte mir entgegen: „Dat beste Obst un Gemööse uut de Rägjon. Anbaut aone Kemi. Van'n Buernhow direktemang up'n Disk. Wat Biäteres finnste nüörns, nich in gaas Mönster un auk nich waoänners."

Der Verkäufer, dem diese Stimme gehörte, nickte mir aufmunternd zu. Ich nickte freundlich zurück. Dann ließ ich meinen Blick über die mit Obst und Gemüse beladene Verkaufstheke gleiten, bis ich die Kiste mit dem Brokkoli gefunden hatte. Dort stach mir sogleich ein Prachtexemplar ins Auge, grün und prall wie ein fetter Frosch. Als ich es in die Hand nahm und näher untersuchte, fand ich nicht eine einzige schlechte Stelle.

„Was kostet der?", fragte ich und reichte den Brokkoli über die Theke. Der Verkäufer war jung, maximal dreißig, und hatte ein pausbäckiges Gesicht und abstehende Ohren. In seinem grünen Overall sah er aus, als käme er direkt aus einem Bilderbuch von Ali Mitgutsch. Oder eben von einem der Bauernhöfe rund um Münster, die sich auf ökologischen Landbau spezialisiert haben.

„Muorn, dao müten wi maol noakiken", sagte der Verkäufer und legte den Brokkoli auf eine mechanische Waage, deren Zeiger ich nicht sehen konnte. Dann sagte er: „Veerniegentig".

„Wie bitte?", gab ich ungläubig zurück. Ich hatte mit einem saftigen Preis gerechnet, aber nicht mit einem Wucherpreis.

„Vierneunzig", wiederholte der Mann.

„Du meinst doch wohl nicht vier Euro neunzig?", empörte ich mich. „Vermutlich ist das neu für dich, aber das waren mal fast zehn Mark. Und zehn Mark, dafür gab's mal 'nen ganzen Kasten Pinkus-Pils."

Mein Gegenüber nickte. „Wel'n Pennig nich acht, is den Daler nich wacht."

Doch er sagte das mit einem breiten Grinsen, das so gar nicht zu seinen Worten passte. Der will dich verarschen, war mein erster Gedanke, und ich verspürte nicht übel Lust, diesem Bauernlümmel Manieren beizubringen. Doch ich beherrschte mich und sagte nur: „Ja genau, mein Junge! Also überleg dir noch mal, was du für den Brokkoli haben willst."

Der Verkäufer musterte mich mit gespielter Verständnislosigkeit. Dann entgegnete er in bestem Kölner Dialekt: „Isch kann esu lang övverläje bes mer der Arsch infriert. Et bliev emme veer Euro neunzisch." Und nachdem er sich genug an meiner Verblüffung geweidet hatte, setzte er noch einen drauf: „Wells de der Brokkoli no ov net? Wann de der Brokkoli net wells, maach dade wiggerküss."

Zuerst war ich sprachlos. Dann sagte ich: „Oha!" Aus Gründen, die mir selbst nicht ganz klar waren, legte ich die Betonung auf die letzte Silbe, um meine Entgegnung so hanseatisch wie möglich klingen zu lassen.

Aber ich hatte die Aufmerksamkeit des Mannes schon verloren. Diese galt nun zwei jungen Frauen, die Hand in Hand vorbeischlenderten und von ihm auf Bayerisch umworben wurden: „Obschd und Gmias aus da Region. Ogbaut ohne Kemie. Vom Bauahof direkt auf'n Disch. Wos Bessers homs in ganz Münsta ned und woanders aa ned", rief er ihnen zu. „Kemmts und kaffas, mei Dama!"

Doch die beiden Frauen schienen weder eine Vorliebe für Obst und Gemüse noch für süddeutsche Dialekte zu haben. Eine lächelte zwar kurz zu uns herüber, doch keine von ihnen blieb stehen. „Weiberleit, eingbuidete", sagte der Verkäufer mit gespielter Empörung und zwinkerte mir verschwörerisch zu.

Dann näherte sich eine korpulente Frau mittleren Alters, die einen großen Einkaufstrolley hinter sich herzog, und der Verkäufer legte plötzlich auf Sächsisch los: „Morschn, gnädische Fru, issed Lähm nöch frisch? Obschd un Gemies aus dar Reechion. Knacksch frisch un lecker. Vom Bauernhof frisch uff'n Disch. Kaaf'n Se Obschd un Gemies aus dar Reechion!"

Aber auch diesmal blieb der Erfolg aus. Die Dicke würdigte den lautstarken jungen Mann keines Blickes und marschierte mit dem größtmöglichen Abstand an uns vorbei.

„Denn mach's ma guud, olde Dammfwallse!", rief ihr der Verkäufer nach. Er war allerdings so klug, damit zu warten, bis die Frau hinter dem Reibekuchenwagen am Ende des Gangs verschwunden war.

In mir war inzwischen der Drang, bei diesem ungewöhnlichen Spiel mitzuhalten, immer stärker geworden. „Eiverbibbscht!", sagte ich deshalb. Das war das einzige sächsische Wort, das ich kannte, und ich war froh, dass es mir noch rechtzeitig eingefallen war. Und weil es beim ersten Mal so gut geklappt hatte, gab ich es gleich noch einmal zum Besten: „Eiverbibbscht!"

„Eiverbibbscht!", stimmte der Verkäufer ein. „Eiverbibbscht!" Es war offensichtlich, dass wir beide nun auf einer Wellenlänge waren. Oder, wenn man die Sache genauer betrachtet, dass ich auf seiner Wellenlänge angekommen war.

„Du bist nicht von hier, oder?", sagte ich. Gleich darauf wurde mir bewusst, dass das eine reichlich dumme Frage gewesen war. Doch mein Gegenüber verzichtete darauf, mir das unter die Nase zu reiben.

„Nein", sagte der Mann stattdessen, nun endlich in Hochdeutsch. „Ich bin aus Osnabrück."

„Osnabrück?", wiederholte ich. „Dort habt ihr doch gar keinen Dialekt."

„Wir vielleicht nicht, aber ich schon", entgegnete der Mann und grinste dabei in sich hinein. Seine abstehenden Ohren glühten vor Vergnügen.

„Ja, offensichtlich", sagte ich. Nachdem der Ärger über die schräge Anmache einer wachsenden Verblüffung gewichen war, wich diese nun einer gehörigen Portion Respekt vor so viel mundartlicher Wortgewandtheit. „Das ist schon allerhand, was du an Sprüchen draufhast. Alle Achtung! Woher…"

Der Verkäufer, der die Frage wohl schon erwartet hatte, unterbrach mich: „Ich arbeite an einer Dissertation über deutsche Dialekte. Sprachliche Identität und kulturelle Vielfalt. Eine vergleichende Studie zu ausgewählten deutschen Regionalsprachen. Ich habe eine halbe Stelle an der Uni, am Sprachwissenschaftlichen Institut. Aber Münster ist teuer, da muss man sich schon ein bisschen was dazuverdienen."

„So ist das also", sagte ich. „Und dabei gehen dir wohl manchmal die Gäule durch…"

„Ja, das könnte man so sagen", pflichtete mir der Verkäufer bei. „Manchmal gehen mir die Gäule durch. Das ist übrigens eine weit verbreitete Metapher, aber zum Münsterland passt sie besonders gut."

Wir unterhielten uns noch eine Weile über dieses und jenes und über Gott und die Welt. Was den Brokkoli anging, einigten wir uns auf drei Euro. Bevor ich weiterging, wünschte ich dem Mann noch gute Geschäfte und viel Erfolg für seine Doktorarbeit. Dieser revanchierte sich, indem er sich auf Berlinerisch verabschiedete: „Aba nich vajessen, mein Juter, hier jibt'et Obst und Jemüse aus da

Jeschend. Junget Jemüse ohne Chemiekaalien. Allet vom Bauernhof direkt uff'n Tisch. Wat Bessas fin'se in janz Münsta nich. In Ballin ooch nich." Und dann als letzte Zugabe: „Komm'se rin, komm'se ran, hier wern'se jenauso beschissen wie nebenan."

Als ich am Abend vor einem Teller mit Salzkartoffeln, Spiegelei und Brokkoli saß, erfüllten sich die höchsten Erwartungen. Der Brokkoli, den mir das Sprachgenie im grünen Overall verkauft hatte, war tatsächlich einsame Spitze.

Große Vorhaut

Bei uns im Münsterland gibt es viele Leute mit Doppelnamen. Da sind einmal Menschen, zumeist Frauen, die den Namen ihres Ehepartners annehmen, aber gleichzeitig den eigenen nicht aufgeben wollten. Und da sind Menschen, die einen Doppelnamen haben, weil sie schon damit geboren worden sind. Letzteres trifft auch auf eine alte Freundin von mir zu, Mareike Große-Vorholt. Große-Vorholt ist ein guter westfälischer Name, an dem es nichts auszusetzen gibt. In dem Dorf, in dem Mareike aufgewachsen ist, heißen sogar viele Leute so. Daher war es für sie auch immer die natürlichste Sache von der Welt, Große-Vorholt zu heißen, no problem at all. Doch als Mareike auf das Gymnasium in Münster kam, fand sich dort sofort jemand, der nichts Besseres zu tun hatte, als sich über ihren Namen lustig zu machen.

„Hallo, Frau Große-Vorhaut!", das waren die Worte, mit denen Mareike in ihrer neuen Klasse begrüßt wurde. Ausgesprochen hatte sie ein Junge, der zu jenem Zeitpunkt noch fest entschlossen gewesen zu sein schien, sich als Klassenclown zu etablieren, diese Entscheidung später aber noch einmal gründlich überdenken sollte. Andere humoristisch Begabte spendeten Applaus oder schlossen sich sogar an: „Hallo, Frau Große-Vorhaut, wie geht's denn so?" Ich machte nicht mit, gehörte aber durchaus zu denen, die sich ein verstohlenes Grinsen nicht verkneifen konnten.

Das war damals eine Zeit, in der von Mobbing noch nicht gesprochen, aber trotzdem schon fleißig gemobbt wurde. Ein Name, der ein wenig aus der Reihe fiel, konnte dazu schon als Anlass ausreichen. Wenn man etwa Hundsgeburt hieß oder Fieker oder Herr Kenis, wie mein ehemaliger Biolehrer, hatte man ein Problem.

Der Junge, der sich damals so vorwitzig zu Wort gemeldet hatte, hieß Kai-Werner Hebenstreit. Weil sein eigener Name keine Angriffsfläche bot, wähnte er sich auf der sicheren Seite. Was Kai-Werner nicht wusste, war, dass Mareike schon damals den Hammerwurf trainierte. Einige Jahre später würde sie sogar eine Hammerwurf-Bronzemedaille bei den Olympischen Spielen gewinnen. Doch das war noch nicht absehbar, als sie Kai-Werner eine Ohrfeige verpasste, die den verblüfften Nachwuchskomiker, der gerade noch vergnüglich auf seinem Stuhl schaukelnd in sich hinein gegrinst hatte, zu Boden fegte.

Das war damals nicht nur eine Zeit, in der noch nicht über Mobbing gesprochen wurde, das war damals auch eine Zeit, in der es für einen Mann noch tabu war, eine Frau zu schlagen. Auch Kai-Werner konnte sich an jenem Morgen nicht dazu durchringen, Mareike mit gleicher Münze zurückzuzahlen, was für ihn natürlich ein großes Glück bedeutete. Denn so trug er keinen weiteren

Schaden davon und es dauerte nur eine knappe Woche, bis seine linke Gesichtshälfte abgeschwollen war. Bald konnte er sogar wieder lächeln, wenn auch nur vorsichtig.

Diejenigen, die sich berufen fühlten, Mareike Frau Große-Vorhaut zu nennen, verstummten trotzdem niemals ganz. Doch wer es tat, tat es zumeist mit dem allergrößten Respekt und natürlich nur, wenn sie nicht in der Nähe war.

Westfälischer Separatismus oder Feministischer Ökosozialismus?

Charlotte, die vor dreißig Jahren von Coesfeld nach Münster gezogen ist, bezeichnet sich selbst als feministische Ökosozialistin. Sie wütet gern gegen die kapitalistische Gesellschaft im Allgemeinen und gegen ihre repressiven Repräsentanten wie Jeff Bezos, Donald Trump und mich im Besonderen. Das nehme ich ihr nicht übel. Im Gegenteil, ich weiß, dass man als feministische Ökosozialistin auch mal austeilen muss, sonst macht das Ganze keinen Spaß. Und ich habe selbst auch durchaus Sympathien für den Feministischen Ökosozialismus, wobei ich allerdings zugeben muss, dass ich mich inzwischen vom Westfälischen Separatismus ebenso angezogen fühle.

Westfälischer Separatismus – was soll das denn sein? Klingt irgendwie seltsam, nicht wahr? Und ja, ist wohl auch irgendwie seltsam, aber was soll man machen? Die Kernbotschaft des Westfälischen Separatismus lässt sich in einem Satz zusammenfassen: Dass wir mit den Rheinländern in einem Bundesland zusammengepfercht sind, ist vor allem auf den schrägen Humor der Briten zurückzuführen, die nach dem Zweiten Weltkrieg bei uns das Sagen hatten.

Aus der westfälisch-separatistischen Perspektive fallen einem Dinge auf, die einem sonst erst einmal nicht auffallen, auch nicht feministischen Ökosozialistinnen. Zum Beispiel, dass im Rheinland mehr staatliche Institutionen, Großunternehmen, Verbände, Forschungseinrichtungen, Universitätskliniken, Rundfunkhäuser und Kultureinrichtungen angesiedelt sind als in Westfalen. Dass man aber etwa bei der Suche nach maroden Straßen und Brücken und vom Ausweichverkehr zutiefst genervten Anwohnern in Westfalen besonders gute Chancen hat, fündig zu werden.

Einem westfälischen Separatisten bleibt auch nicht verborgen, dass die Bahn die Direktverbindungen zwischen Münster und Berlin in den vergangenen Jahrzehnten radikal ausgedünnt hat, während die Züge zwischen Köln und Berlin im Stundentakt und zukünftig auch im Halbstundentakt verkehren.

Und wenn zwischen Münster und Berlin die ältesten und zwischen Köln und Berlin die modernsten Züge fahren, die die Bahn im Bestand hat, ärgert sich ein westfälischer Separatist natürlich auch. Ich bin zwischen Münster und Berlin immer wieder in Zügen unterwegs gewesen, deren Türen noch von Hand mit einem Hebel geöffnet werden müssen, in denen jederzeit die Klimaanlage oder die Heizung ausfallen kann, deren altersschwache Toiletten oftmals den Dienst verweigern und in denen die Zugbegleiter nicht mehr auf das Fehlen des

Bistrowagens hinweisen, weil das schon längst zum Normalfall geworden ist. Von einem funktionierenden WLAN und von Steckdosen für Handys und Laptops kann man in solchen Zügen nur träumen.

Dass ich bislang trotzdem noch nicht zu einem westfälischen Separatisten geworden bin, ist vor allem darauf zurückzuführen, dass ich nicht nur Westfalen, sondern auch das Rheinland sehr gern mag. Einige meiner besten Freunde kommen aus dem Rheinland. Aber wie dem auch sei, wenn es selbst langfristig keine Möglichkeit geben sollte, wichtige Behörden, große Arbeitgeber und kulturelle Angebote einigermaßen gleichmäßig im Land zu verteilen und beide Regionen mit einem Schienennetz auszustatten, das diesen Namen verdient, sollte man vielleicht doch darüber nachdenken, irgendwann getrennte Wege zu gehen.

Die Hauptstadt eines eigenständigen Westfalen wäre dann natürlich Münster. Dortmund käme nicht in Betracht, die haben schon den BVB. Wenn Westfalen eigene Wege ginge, hätten die nordrhein-westfälischen Rheinländer die Möglichkeit, sich mit Rheinland-Pfalz zusammenzuschließen. Das neu gebildete Land könnte dann Nordrhein-Rheinland-Pfalz heißen oder einfach Rheinland-Pfalz 2.0, was aber den Kölnern und den Düsseldorfern vermutlich nicht recht wäre. Als Nachfolgerin der Landeshauptstädte Düsseldorf und Mainz bietet sich Bonn an, so dass die Bonner nach Jahren der

Erniedrigung und Entbehrung endlich wieder Hauptstädter werden könnten. Zwar keine Bundeshauptstädter, aber immerhin Landeshauptstädter, und das ist doch wohl besser als nichts, oder?

Charlotte kann dem Westfälischen Separatismus nicht viel abgewinnen. Sie sagt, es seien die Zugehörigkeit zu Geschlechtern und sozialen Klassen und unser Verhältnis zur Natur, die unsere Welt bestimmten, nicht regionaler Eigensinn. Manchmal glaube ich das auch. Doch immer, wenn ich kurz davor bin, mich dem Lager des Feministischen Ökosozialismus anzuschließen, geschieht irgendetwas, das mich wieder auf den Westfälischen Separatismus zurückwirft.

Das war zum letzten Mal der Fall, als ich mich auf den Weg von Münster nach Bocholt gemacht hatte, um einen Schulfreund zu besuchen. Bocholt, eine Stadt mit etwa achtzigtausend Einwohnern, gilt als Perle des westlichen Münsterlandes. Doch eine Bahnverbindung zwischen Bocholt und der Westfalenmetropole sucht man vergeblich. Diese ist schon vor Jahrzehnten eingestellt worden. Dafür gibt es einen sogenannten Sprinterbus, der gut anderthalb Stunden für die rund achtzig Kilometer zwischen Münster und Bocholt benötigt. Man braucht für diese Reise neben etwas Geduld auch eine gute Blase, denn es befindet sich weder eine Toilette an Bord noch ist eine Pinkelpause vorgesehen.

Nachdem ich an jenem Morgen in Münster in diesen Bus eingestiegen war, endete die Fahrt allerdings nicht fahrplanmäßig in Bocholt, sondern schon in Borken, gut zwanzig Kilometer vor dem eigentlichen Ziel. Als der mürrische Busfahrer seine Fahrgäste in Borken von Bord schickte, gab er dafür keine Begründung. Er sagte nur, dass wir schnell aussteigen sollten, weil er es eilig hätte, und dass uns ein Kollege später weitertransportieren würde. Und ja, das waren auch keine leeren Worte. Nachdem wir eine halbe Stunde in einem leichten Nieselregen gewartet hatten, kam tatsächlich ein anderer Bus, der uns nach Bocholt brachte.

Am schlimmsten war für mich dabei, dass ich niemanden fand, der meine Empörung teilen wollte. Die anderen Fahrgäste schienen das Ganze völlig normal zu finden. Wie schlecht muss aber eine Verkehrsinfrastruktur sein, wenn man so etwas normal findet?

Vierzehn Tage vorher war ich aus beruflichen Gründen im Bonner Raum unterwegs gewesen, wobei ich auch in Bad Honnef und in Siegburg zu tun gehabt hatte. Bad Honnef hat etwa fünfundzwanzigtausend und Siegburg etwa vierzigtausend Einwohner. Den Weg zwischen diesen beiden Städten konnte ich bequem mit der Stadtbahn zurücklegen, die alle zwanzig Minuten verkehrte. Zwischen Bad Honnef und Siegburg hielt die Bahn unzählige Male, unter anderem in Rhöndorf, Königswinter-Oberdollendorf Nord, Bonn-Oberkassel Mitte,

Ramersdorf, Hangelar West und Sankt Augustin Kloster. Überall dort, selbst wenn es sich nur um einen winzigen Flecken auf der Landkarte handelt, hat man ungleich besssere Verkehrsverbindungen als fast im gesamten Münsterland. Wenn das fair ist, bin ich Kardinal Woelki.

Bahnfahrer, ärgere dich nicht (mehr als unbedingt notwendig)

Ich habe mich schon tausendmal mit gutem Grund über die Bahn geärgert. Doch einmal habe ich mich über die Bahn geärgert, als es keinen Grund dafür gab, und der Fairness halber möchte ich auch davon berichten. Es passierte auf dem Rückweg aus dem Urlaub. Ich war gerade im Bahnhof am Frankfurter Flughafen in einen Zug gestiegen, der mich heim nach Münster bringen sollte.

Das Ganze ist schon einige Jahre her. Damals spielten Smartphones, Laptops und Tablets, die heute über den Reiseverlauf Auskunft geben können, noch keine große Rolle. Dafür fand man auf jedem Sitzplatz ein kleines Faltblatt vor, die sogenannte Reiseinformation. Man konnte einen Blick hineinwerfen und wusste sogleich, wo und wann der Zug, in dem man sich gerade befand, anhalten und wieder abfahren sollte. Die Reiseinformation war also so etwas wie eine Bahn-App auf Papier.

Natürlich wurden die darin aufgeführten Zeiten schon damals nicht immer eingehalten. Die Wahrscheinlichkeit, dass ein Zug pünktlich sein würde, war aber größer als heute, was auf die damalige bahnpolitische Strategie zurückzuführen ist, die heutigen Bahn-Managern natürlich total antiquiert erscheinen muss. Denn während sich die

Bahn heute darauf konzentriert, ihre Gäste möglichst umfassend und zeitnah zu informieren – vorzugsweise darüber, welche Züge wieder einmal zu spät kommen oder ganz ausfallen – konzentrierte sie sich damals zumindest gelegentlich noch darauf, ihre Gäste möglichst umfassend und zeitnah zu transportieren.

Wie dem auch sei, nachdem ich mein Gepäck verstaut und es mir in meinem Sitz bequem gemacht hatte, warf ich einen Blick in die Reiseinformation. Und sofort stieg Ärger in mir hoch, der sich schnell zu einer hässlichen Wut-Wolke verdichtete. Obwohl die Bahn zu jener Zeit noch besser funktionierte als heute, hatte sich bei mir doch auch schon damals so viel Frust über dieses Unternehmen angestaut, dass gelegentlich schon eine Kleinigkeit genügte, um mir die Zornesröte ins Gesicht zu treiben. Und das, was mir in jenem Moment ins Auge sprang, schien mir keineswegs nur eine Kleinigkeit zu sein.

Ungläubig starrte ich auf das farbig bedruckte Papier in meiner Hand. Das darf doch nicht wahr sein, so eine Schlamperei, schimpfte ich in mich hinein. Da sitzt man im ICE von Frankfurt nach Münster. Und was findet man dort vor? Eine Reiseinformation für den ICE, der von Dortmund über Frankfurt nach München fährt. Schwarz auf weiß die nächsten Stationen: Mannheim, Stuttgart, Ulm, Augsburg, München-Pasing und

Endstation München Hauptbahnhof. Das darf doch wirklich nicht wahr sein!

Dabei war mir natürlich klar, dass sich erfahrene Bahn-Vielfahrer von einem solchen Unfug nicht irritieren lassen würden. Das galt für mich und sicherlich auch für den weißhaarigen älteren Herrn auf der anderen Seite des Gangs, der seine Reiseinformation nur mit einem verächtlichen Blick gestreift und dann stirnrunzelnd beiseitegelegt hatte. Aber was ist, wenn Menschen so etwas vorfinden, die sich nicht so gut auskennen? Ich beantwortete mir diese Frage selber und die Antwort machte mich noch wütender: Das sind dann die Leidtragenden. Diese Leute müssten dann die Suppe auslöffeln, die ihnen die Bahn eingebrockt hat.

Dabei stellte ich mir eine junge Familie vor, die gerade aus dem Urlaub zurückkommt und schon Stunden im Flugzeug hinter sich hat. Die Eltern gestresst, zwei kleine Kinder müde und quengelig: Wann sind wir endlich zu Hause, Mami? Wie lange dauert es denn noch, Papi? Solche Leute würden natürlich glauben, sie säßen im falschen Zug. Sie würden sich verzweifelt nach einem Zugbegleiter umsehen, um sich Gewissheit zu verschaffen. Und natürlich würde weit und breit keiner zu finden sein. Vielleicht würden sie in ihrer Verwirrung sogar wieder aussteigen und dadurch den Zug verpassen und dann zwei Stunden auf den nächsten warten müssen. Wirklich kaum auszudenken! Und alles nur, weil man bei der Bahn zu blöde oder zu faul ist, um zwischen Münster und München zu unterscheiden. Einfach unglaublich!

Doch schließlich beruhigte ich mich wieder, was sicherlich auch damit zu tun hatte, dass nirgends eine Familie mit zwei Kindern zu sehen war, die aus dem Urlaub zurückkam und verzweifelt nach einem Zugbegleiter suchte. So konnte ich es guten Gewissens dem älteren Herrn auf der anderen Seite des Gangs gleichtun, der sich entspannt zurückgelehnt in ein Buch vertieft hatte.

Ich hatte mir extra für die Reise eine Zeitschrift gekauft, die ich nun aus meinem Rucksack hervorholte. Besonders freute ich mich auf einen Artikel über die Gärten der Welt im Berliner Bezirk Marzahn-Hellersdorf, der sofort mein Interesse geweckt hatte. Ich habe zwar selbst leider keinen Garten, doch mein Freund Leo hat einen, den er mit großer Hingabe hegt und pflegt. Wenn ich ihm gelegentlich bei der Gartenarbeit zur Hand gehe, macht mir das ebenso viel Spaß wie ihm selbst.

Leos Garten ist ein sogenannter Foerster-Garten, also ein Garten, der nach Prinzipien angelegt ist, die auf Karl Foerster zurückgehen. Dieser war nicht nur ein leidenschaftlicher Gärtner, der Stauden liebte, sondern auch Garten-Schriftsteller und Garten-Philosoph. Für ihn waren Pflanzen mehr als Farbtupfer, die ausgetauscht werden müssen, wenn sie verblüht sind. Für ihn waren sie Lebewesen mit eigener Individualität, die im Wechsel der Jahreszeiten mit möglichst geringem Aufwand zu größtmöglicher Schönheit gebracht werden sollten. Das sagt jedenfalls Leo und ich habe keinen Grund, daran zu zweifeln.

Als ich die Zeitschrift aufschlug und zu lesen begann, war das gesamte Elend des deutschen Bahnwesens einschließlich des schlampigen Umgangs mit Reiseinformationen vergessen. Ich vertiefte mich in die Geheimnisse des Japanischen Gartens, des Balinesischen Gartens und des Chinesischen Gartens, die zu den Highlights der Gärten der Welt zählen. Dabei erfuhr ich, dass zum Chinesischen Garten sogar ein Teehaus gehört, in dem über dreißig verschiedene Teesorten angeboten werden und Vorführungen zur chinesischen Teekultur stattfinden.

Der Artikel war mit großer Sachkunde verfasst und gleichzeitig gut verständlich und stellenweise sogar amüsant. Ganz besondere Leckerbissen bildeten die Fotos von Gärten, einzelnen Blumen, Beeten, Brunnen und Skulpturen, die teilweise klein und von Text umschlossen waren, teilweise aber auch eine ganze Seite einnahmen. Ein großes Foto zeigte eine Gruppe von Menschen, die unter Anleitung einer in traditionelle chinesische Tracht gekleideten Frau an einer Teezeremonie teilnahmen. Herrlich, einfach herrlich!

Was soll ich sagen, meine Lektüre fesselte mich so sehr, dass ich erst wieder aufblickte, als mich eine Lautsprecherstimme aufschreckte: „Meine Damen und Herren, unser Zug auf dem Weg von Dortmund nach

München erreicht in wenigen Minuten Mannheim. Dort haben Sie Anschluss an den Fernverkehr und den Regionalverkehr. Bitte beachten Sie die Hinweise auf den Anzeigetafeln und die Durchsagen an den Bahnsteigen. Wir danken allen Gästen, die in Mannheim aussteigen, für Ihre Fahrt mit der Deutschen Bahn und wünschen Ihnen auch weiterhin eine gute Reise."

Die komatöse Frisöse

Es gibt Menschen, die glauben, dass in Münster hekto-literweise Altbierbowle getrunken wird. Das ist so eine Brühe, in der Zucker, Erdbeeren und manchmal auch Schnaps und andere Substanzen herumschwimmen, die in einem Bier nichts, aber auch wirklich gar nichts, zu su-chen haben. Zum Glück ist das aber nicht der Fall. Ab-gesehen von abenteuerlustigen Landfrauen, die es bei ei-nem Junggesellinnenabschied in das Kuhviertel verschla-gen hat, und japanischen Touristen, die nach der Besich-tigung des Friedenssaals feststellen müssen, dass es in deutschen Kneipen keinen Reiswein gibt, rührt das Zeug bei uns kaum jemand an.

Auch ich trank an jenem Sommerabend, als ich mit Leo, Hansemann und Fredde im Ochsenkopp an der Theke stand, keine Altbierbowle, sondern Pils. Hinter dem Tresen stand Joschi, der mit gewohnter Lässigkeit Bier zapfte und Schnapsgläser befüllte. Ich hatte meinen Deckel schon bezahlt und mein letztes Glas schon zur Hälfte ausgetrunken.

Der Laden war voll. An der Theke gab es keinen freien Platz mehr, fast alle Tische waren besetzt. Im Hinter-grund lief Musik von Van Morrison, die mich in eine leicht melancholische Stimmung versetzte. Schon seit geraumer Zeit diskutierten Leo, Hansemann und Fredde über den SC Preußen Münster und dessen Chancen, noch einmal den Westfalenpokal zu gewinnen. Ich konnte mit diesem Thema wenig anfangen, doch meine Versuche, das Gespräch in eine andere Richtung zu lenken, waren fruchtlos geblieben.

„Die besten Stürmer bringen es nicht, wenn die Verteidigung nichts taugt", sagte Fredde.

„Das ist leider richtig", sagte Hansemann.

„Das Problem ist nicht die Verteidigung, das Problem ist das Defensivverhalten insgesamt", sagte Leo.

Es war die Zeit, als in Münsters Kneipen noch geraucht werden durfte. Der Zigarettenqualm war überall. Neben mir saß eine dicke Frau, deren spitze Nase keck aus ihrem pausbäckigen Gesicht hervorragte. Ihre im Punkerstil gehaltene Frisur wurde über dem rechten Ohr durch eine blaue Haarsträhne verziert. Die Frau tat alles, um den Nachschub an Rauch nicht abreißen zu lassen. Sie saugte wie ein Wels an ihrem Glimmstängel und beugte sich dann vor, um Joschi auf der anderen Seite der Theke den Qualm ins Gesicht zu pusten. Sie gab sich schon seit geraumer Zeit die größte Mühe, die Aufmerksamkeit des Kellners zu erregen. Doch dieser dachte gar nicht daran, sich auf dieses Spiel einzulassen, und ging weiter seinen Geschäften nach, ohne die Dicke auch nur eines Blickes zu würdigen.

Und ja, was Frauen anging, hatte Joschi tatsächlich ganz andere Möglichkeiten als die, die sich ihm an jenem Abend bot. Hochgewachsen, schlank wie eine Tanne und mit einer kühnen Adlernase im schmalen Gesicht, war er fest davon überzeugt, eine der bestaussehendsten Thekenkräfte im ganzen Münsterland zu sein. Und ich musste leider zugeben, dass er damit wohl auch nicht ganz unrecht hatte. Manchmal wurde ich richtig neidisch, wenn wieder einmal eine attraktive Frau hereinschneite, bei Joschi etwas zu trinken bestellte und sich kurz darauf mit ihm in ein intensives Gespräch vertiefte.

Wenn Joschi wieder eine neue Kaline in der Mache hatte, waren selbst die Stammgäste abgemeldet. Auch Leo und ich mussten dann manchmal eine Viertelstunde oder noch länger auf unser Pils warten. Was Joschi nach Feierabend oder an den Wochenenden mit den Frauen anstellte, die ihm während der Arbeit zugelaufen waren, wusste ich nicht. Außerhalb der Kneipe hatte ich keinen Kontakt zu ihm und ich dachte auch gar nicht daran, ihn zu diesem Thema auszufragen. Vermutlich hätte er mir dann Dinge erzählt, die mich noch neidischer gemacht hätten.

Die Frau mit der blauen Haarsträhne schien schließlich doch zu erkennen, dass ihre Annäherungsversuche zum Scheitern verurteilt waren. Sie zerdrückte ihre Kippe im Aschenbecher und tröstete sich mit einem Schluck von ihrem Cocktail, dessen Farbe mich an Frostschutzmittel erinnerte. Danach stellte sie das Glas mit der übertriebenen Vorsicht von Betrunkenen wieder auf dem Tresen ab und verharrte eine Weile wie eingefroren auf ihrem Sitz.

Als sie schließlich von ihrem Hocker herabglitt, sich dabei mit beiden Händen auf der Theke abstützend, stellte ich fest, dass Hansemann die Frau mit der blauen Haarsträhne ebenfalls aufgefallen war.

„Die kenne ich", sagte er leise. „Das ist die Frisöse aus dem Laden unter meiner Wohnung. Die hat mir schon öfter die Haare geschnitten. Letzte Woche noch..."

„Die Frisur ist nicht schlecht geworden", sagte ich.

„Frisörin", mischte sich Leonard ein, der außergewöhnlich gute Ohren hatte. „Das heißt nicht Frisöse, das heißt Frisörin."

Und dann passierte es. Während Hansemanns Frisörin damit beschäftigt gewesen war, von ihrem Barhocker herabzusteigen, war Joschi mit einem Tablett voller Getränke hinter dem Tresen hervorgekommen. Als er in die Reichweite der Dicken geriet, schien diese ihr Glück kaum fassen zu können und sie reagierte für eine Betrunkene mit beachtlicher Schnelligkeit.

„Tanzen!", rief sie und stürzte mit ausgestreckten Armen auf Joschi zu. Und wenn ich sage 'stürzte', dann ist das auch genau das richtige Wort. Denn was folgte, war tatsächlich ein Sturz. Joschi, der in seinem Leben schon Unmengen an Bier und Schnaps sicher an ihr Ziel transportiert hatte, wich dem weiblichen Übergriff mit zwei schnellen Schritten aus, ohne dass die Gläser auf seinem Tablett auch nur einmal geklirrt hätten. Die Dicke, deren Vorstoß dadurch ins Leere ging, wurde daraufhin aber das Opfer ihrer eigenen Geschwindigkeit, die sie nicht mehr unter Kontrolle bringen konnte. Doch ich hatte das Malheur schon kommen sehen und war bei ihr, bevor sie zu Boden ging. Ich schnappte mir ihren linken Arm und behielt diesen so lange fest in meinem Griff, bis sie auf ihren Knien gelandet war. Dadurch wurde ihr Sturz zwar nicht verhindert, aber immerhin erheblich abgemildert. Sie sackte eher zu Boden als dass sie fiel.

„Danke", sagte die Dicke, nachdem ich ihr wieder auf die Beine geholfen hatte.

„Gern geschehen", sagte ich.

„Tanzen", sagte sie dann noch einmal, diesmal aber leise und fast nachdenklich. Als sie einen Arm um meine Schulter legte, benutzte ich diese Gelegenheit, sie behutsam in Richtung Ausgang zu führen.

„Es reicht, du hast genug für heute", sagte ich. „Zeit für ein Taxi."

Die Dicke schüttelte zwar den Kopf, leistete aber keinen Widerstand. Draußen stellte ich fest, dass sich der freundliche Sommerabend, an dem ich den Ochsenkopp betreten hatte, inzwischen in eine regnerische

Sommernacht verwandelt hatte. Es ärgerte mich, dass ich keine Jacke mitgenommen hatte.

„Wo wohnst du?", fragte ich die Dicke, die sich an mich lehnte, um nicht das Gleichgewicht zu verlieren. Ich wollte das wissen, um dem Taxifahrer ihre Adresse nennen zu können. Doch die Frau verstand die Frage falsch und sah mich mit großen Augen an.

„Hansaviertel", sagte sie schließlich. Dann dauerte es noch eine oder zwei Minuten, bis ich ihr die Straße und die Hausnummer entlocken konnte.

Ich hatte Glück. Gleich das erste Taxi, das in Sicht kam, war frei. Ich bugsierte die Frau, deren blaue Haarsträhne nun traurig an ihrem nassgeregneten Schädel klebte, auf den Rücksitz. Nachdem ich mich vergewissert hatte, dass sie genügend Geld für die Fahrt hatte, nannte ich dem Taxifahrer die Adresse. Dieser runzelte zwar die Stirn, als ihm klar wurde, dass ich nicht mitfahren würde, machte aber keine Schwierigkeiten. Als sich der Wagen schließlich in Bewegung setzte, sah ich ihm erleichtert nach. Ich war froh, aus der Sache raus zu sein.

Der Regen hatte zwar inzwischen wieder nachgelassen, doch während ich damit beschäftigt gewesen war, die Dicke in das Taxi zu verfrachten, hatte ich schon eine ordentliche Portion davon abbekommen. Ich strich mir das nasse Haar aus dem Gesicht und wollte in die Gaststätte zurückkehren. Doch dann fragte ich mich, ob es mir wirklich Spaß machen würde, noch eine Weile mit klammen Klamotten an der Theke herumzustehen und einer Debatte zu lauschen, die mich nicht die Bohne interessierte. Und als ich daran dachte, dass ich mir eigentlich vorgenommen hatte, spätestens um zwölf im Bett zu sein, kehrte ich dem Ochsenkopp den Rücken und machte mich auf den Heimweg.

In meiner Wohnung in der Gartenstraße angelangt, ging ich zuerst zum Kühlschrank. Ich verglich die Haltbarkeitsdaten der drei Bierflaschen, die sich darin befanden, und zog diejenige heraus, die dem Verfall am nächsten war. Doch dann kam mir der Gedanke, dass mir das letzte Bier des Tages am besten schmecken würde, wenn ich mich vorher schon bettfertig gemacht hätte, und ich legte die Flasche zurück und ging ins Badezimmer, um mir die Zähne zu putzen.

Schließlich war es aber soweit. Ich saß im Schlafanzug vor dem Fernseher, in einer Hand das Bier, in der anderen die Fernbedienung. Nachdem ich ein wenig durch die Programme gezappt hatte, landete ich bei einem Bericht über die Tierwelt Afrikas. Exotische Tiere hatten mich schon immer fasziniert. Gerade war das Rhinozeros an der Reihe.

„Der Lebensraum der Rhinozerosse liegt vor allem südlich der Sahara", erklärte eine kernige Männerstimme, während auf dem Fernsehschirm eine Nashornmutter und ihr Baby zu sehen waren, die durch eine mit Gras und Büschen besetzte Landschaft streiften. „Das

Rhinozeros ist ein Pflanzenfresser und weitgehend auf weiche Pflanzenkost wie Blätter, Zweige oder Rinde spezialisiert", fuhr die Männerstimme fort. „Die Nahrung wird dabei mit Hilfe der spitzen Oberlippe abgezupft. Weil das Horn extrem teuer gehandelt wird, zählen Nashörner neben Elefanten zu den Tieren, die durch Wilderei besonders gefährdet sind." Ich nickte mitfühlend. Diese verdammten Wilderer, dachte ich, der Teufel soll sie holen.

Als die Rhinozerosmutter in Großaufnahme gezeigt wurde, bemerkte ich ein kleines blaues Etwas, das an ihrem Ohr befestigt war. Vermutlich handelte es sich dabei um einen Signalchip, den Wildhüter oder Wissenschaftler dort angebracht hatten, um sie und ihr Baby besser im Auge behalten zu können. Bei diesem Anblick kehrten meine Gedanken unwillkürlich zu der komatösen Friseöse mit der blauen Haarsträhne zurück. Ich ließ die kuriose Szene, die sich im Ochsenkopp ereignet hatte, noch einmal vor meinem geistigen Auge Revue passieren. Mit der Rolle, die ich dabei gespielt hatte, war ich mehr als zufrieden. Jeden Tag eine gute Tat, dachte ich und genehmigte mir zur Belohnung einen großen Schluck Bier.

Dass Leo und Fredde Zeugen dieser guten Tat geworden waren, freute mich besonders. Noch vor zwei Wochen waren die beiden hart mit mir ins Gericht gegangen, weil ich mich davor gedrückt hatte, als Wahlhelfer eingesetzt zu werden. Ich hatte ihnen ganz unbefangen davon erzählt und ihnen auch verraten, mit welchem Trick ich mir die Sache vom Hals gehalten hatte. Die Reaktion der beiden war so harsch gewesen, dass es mir fast die Sprache verschlagen hätte. Leo hatte sogleich den Beamten raushängen lassen. Jeder müsse zum Funktionieren des Gemeinwesens etwas beitragen, hatte er oberlehrerhaft erklärt, und wer sich auf Kosten anderer aus der Verantwortung stehle, würde dafür irgendwann die Quittung bekommen. Und Fredde, der sowieso keine Gelegenheit ausließ, mir die Hölle heiß zu machen, war sogar noch weiter gegangen und hatte mich einen Egoisten und Drückeberger genannt.

Wer war es denn, der die Frau aufgefangen hat, damit sie sich nicht den Schädel aufschlägt? Wer war es denn, der sie in ein Taxi gesetzt hat, damit sie sicher nach Hause kommt? Wart ihr das oder war das der Egoist und Drückeberger? Diese Fragen hätte ich Fredde und Leo in jenem Augenblick nur zu gern gestellt, um die beiden zumindest nachträglich von ihrem hohen Ross herunterzuholen. Ich hob die Bierflasche, um meine moralische Überlegenheit mit einem weiteren Schluck zu feiern.

Doch mitten in der Bewegung erstarrte ich. Auf einmal wurde mir klar, dass man die Ereignisse des Abends auch anders deuten konnte: Es wird doch wohl niemand auf die Idee kommen, dass du die Dicke abgeschleppt hast und nun irgendwo mit ihr in der Kiste liegst? Ich versuchte, diese Frage mit einem entschiedenen Nein zu beantworten, aber umso tiefer sie sich in mein Gehirn bohrte, desto weniger gelang es mir. Nachdem der Alarm in meinem Kopf einmal losgegangen war, wurde er immer lauter, bis er alles andere übertönte. Mir wurde mit erschreckender Deutlichkeit bewusst, dass eine solche Geschichte, wenn sie einmal die Runde gemacht hatte, den Ruf eines Mannes für immer ruinieren konnte.

Verdammt, haderte ich, warum bist du nicht noch mal zurückgegangen und hast dich verabschiedet? Dann hätte jeder sehen können, dass alles koscher ist. Warum bist du nicht noch mal zurückgegangen? Doch dann keimte Hoffnung in mir auf: Vielleicht ist es noch nicht zu spät, um die Sache wieder in Ordnung zu bringen?

Ich erkannte, dass ich sofort handeln musste, wenn ich meine letzte Chance nutzen wollte. Damals war der Ochsenkopp mittwochs bis um ein Uhr morgens geöffnet. Ein Blick auf die Uhr zeigte mir, dass mir damit noch gut zehn Minuten blieben, um mich dort noch einmal sehen zu lassen und auf diese Weise alle bösartigen Gerüchte im Keim zu ersticken.

Ich zog mich in Rekordgeschwindigkeit wieder an, streifte mir eine Jacke über und verließ die Wohnung. Vielleicht sind alle ja noch da, suchte ich mich zu beruhigen, während ich mit großen Schritten in die Hörsterstraße einbog. Dabei meinte ich mit 'alle' vor allem Leo, Hansemann und Fredde. Und wenn die schon weg sind, kannst du ja immer noch ein paar Worte mit Joschi wechseln, überlegte ich, verzweifelt bemüht, die Nerven zu behalten. Nur eines darf nicht passieren: Du darfst gleich nicht vor verschlossenen Türen stehen.

Mein linker Fuß landete in einer Pfütze, Wasser drang in meinen Schuh ein, doch ich kümmerte mich nicht darum. Eine Geschichte begann, in meinem Kopf Gestalt anzunehmen: Ich habe mir noch einen Döner geholt und beim Türken jemanden getroffen, den ich schon lange nicht mehr gesehen habe. Wir haben uns verquatscht. Ich habe doch glatt vergessen, dass es schon so spät ist. Aber egal, mein Deckel ist ja bezahlt. Niemand musste wegen Zechprellerei die Polizei rufen. Hahaha!

Als der Ochsenkopp endlich in Sicht kam, schienen sich meine schlimmsten Befürchtungen zu bewahrheiten. Abgesehen von dem matten Glanz, den ihm die Straßenbeleuchtung verlieh, lag das Gebäude im Dunkeln. Die Außenbeleuchtung war abgeschaltet, meine verzweifelte Mission schien gescheitert zu sein.

Aber nein, sie war es nicht! Niemand kann sich meine Erleichterung vorstellen, als ich feststellte, dass hinter den Kachelfenstern mit den getönten Scheiben noch Licht brannte. Leise Musik und Stimmengewirr schlugen mir entgegen, als ich die Tür öffnete und den Gastraum betrat. Der köstliche Geruch von Zigarettenqualm und abgestandenem Bier umschmeichelte meine Nase.

Und alle, die in dieser Geschichte eine Rolle spielen, waren noch da: Nicht nur Leo, Hansemann, Fredde und

Joschi, sondern auch die Dicke mit der blauen Haarsträhne, die doch eigentlich schon längst im Hansaviertel in seligem Schlummer liegen sollte. Wie ich später erfuhr, hatte diese wohl irgendwo zwischen Bült und Hansaring die zweite Luft bekommen und ihr Taxi zum Ochsenkopp zurückdirigiert.

Jedenfalls schien die Frau inzwischen wieder deutlich sicherer auf den Beinen zu sein als zu dem Zeitpunkt, als ich sie in das Taxi verfrachtet hatte. Und sie schien mich sofort wiederzuerkennen und auch nicht vergessen zu haben, dass ich gut zu ihr gewesen war. Sie lächelte mich an, streckte mir die Arme entgegen und rief: „Tanzen!"

Der andere Roland

Einer der bekanntesten deutschen Schlagersänger wohnt in Münster. Und wenn ich das sage, weiß auch wohl fast jeder sogleich, um wen es sich dabei handelt, natürlich um Roland Kaiser. Dieser Mann, der eigentlich Roland Keiler heißt, ist ein Phänomen. Seine Fans füllen die größten Hallen, spülen Millionen in die Kassen der Musikindustrie und verehren ihren Star wie einen Heiligen.

Roland Kaiser ist aber nicht der einzige Schlagersänger, der in Münster lebt. Es gibt mindestens noch einen weiteren, den ich sogar persönlich kenne, und das ist Ray van Rosendahl. Ray heißt eigentlich Roland Hölkenbusch, ist aber immerhin in Rosendahl im Kreis Coesfeld, westlich von Münster, aufgewachsen.

Ray van Rosendahl wohnt in einem Gartenhaus in der Schrebergartenanlage Habichtshöhe. Das Gartenhaus gehört nicht ihm, sondern seiner Tante. Die Tante ist inzwischen zweiundachtzig und würde den Garten gern abgeben. Doch so lange ihr der Gartenverein nicht verbindlich zusichert, dass Ray ihn dann übernehmen kann, behält sie ihn.

Seit einigen Jahren arbeitet Ray zweimal in der Woche als Nachtwächter auf einem Schrottplatz. Das hängt er nicht an die große Glocke, vielleicht ist es ihm sogar etwas peinlich. Wenn ihn jemand darauf anspricht, sagt er, er brauche die einsamen Stunden, um Inspiration für seine Musik zu finden. Den Job auf dem Schrottplatz hatte Ray angenommen, nachdem die Kirche, in der er sich fast zehn Jahre lang ein Zubrot als Organist verdienen konnte, dicht gemacht und entweiht worden war. Heute dient das Kirchengebäude als Turnhalle, die Seitenschiffe beherbergen die Umkleideräume.

Ray hatte seine beste Zeit in den achtziger Jahren. Damals war er noch ein ganz junger Spund, der die Damenwelt mit seinem einschmeichelnden Bass zu bezaubern wusste. Sein Markenzeichen war der Satz 'Baby, du bist so gut', den er so lange in das Mikrophon hauchte, bis seine weiblichen Fans fast den Verstand verloren.

Nach zwei Beinahe-Hits, die Mitte der Achtziger direkt aufeinander folgten – mir fällt leider gerade nicht ein, wie sie hießen – ging es mit Rays Karriere jedoch bergab. Im Radio wurde seine Musik bald nicht mehr gespielt und Alternativen wie YouTube oder Amazon Music gab es damals natürlich noch nicht.

Wenn Ray heute auftritt, dann sicherlich nicht wie Roland Kaiser in der Westfalenhalle, auf der Berliner Waldbühne oder am Elbufer in Dresden, sondern in einem ungleich bescheideneren Rahmen. Etwa in einem Möbelhaus, das die Preise für frei geplante Küchen wegen eines zehnjährigen Jubiläums um dreißig Prozent gesenkt hat, oder bei der Wiedereröffnung eines Freibades, das wegen Schimmelbefalls saniert werden musste.

Und wenn er heute sein 'Baby, du bist so gut' zum Besten gibt, klingt das wie ein Rülpser. Vermutlich riecht es auch ähnlich, denn Rays Alkoholproblem ist im Laufe der Jahre nicht kleiner geworden. Seinen wenigen alten Fans ist das jedoch egal, sie feiern ihn wie früher, und neue Fans kommen ja schon lange nicht mehr hinzu. Was mich angeht, ich verpasse keine Gelegenheit, mich vor Ray van Rosendahl zu verneigen und zu sagen: Ray, ich finde toll, was du machst. Ich finde dich wirklich gut. Ich finde dich mindestens so gut wie Roland Kaiser. Mindestens!

Kacke

Wir standen am Dortmund-Ems-Kanal zwischen der Brücke an der Wolbecker Straße und der Brücke an der Schillerstraße. Ich wusste, dass mich die Frau aus den Augenwinkeln beobachtete, als ich sie aus den Augenwinkeln beobachtete. Und die Frau wusste, dass ich sie aus den Augenwinkeln beobachtete, als sie mich aus den Augenwinkeln beobachtete. So nicht, meine Liebe, dachte ich, so nicht!

Die Frau war groß und hager, hatte dunkle Haare, die stellenweise schon stark angegraut waren, und trug einen blauen Anorak mit einer großen schwarzen Kapuze, die wie eine tote Fledermaus auf ihrem Rücken herabhing. Als ich näher kam, sah sie mich an, als wenn sie kein Wässerchen trüben könnte. Doch ich hatte keine Lust mehr auf Spielchen und beschloss, das Problem direkt anzusprechen.

„Ich weiß genau, dass Sie die Kacke von Ihrem Hund nur dann einpacken und mitnehmen, wenn jemand zusieht", eröffnete ich das Gespräch. „Aber jetzt sieht jemand zu, nämlich ich. Also bitte, packen Sie die Kacke ein!"

Die Frau nestelte zuerst weiter schweigend an einer Packung mit kleinen Plastikbeuteln herum, wie sie

Hundebesitzer heute benötigen, um die Gehwege von den unappetitlichen Hinterlassenschaften ihrer haarigen Lieblinge frei zu halten. Doch sie konnte meinem Blick nicht ewig ausweichen und sagte schließlich: „Ich weiß gar nicht, was Sie von mir wollen, wirklich nicht."

Die Frau hätte sicherlich gern cool und überlegen gewirkt, doch ihre Stimme klang gequält, das schlechte Gewissen war unüberhörbar.

„Was ich will, ist ganz einfach", entgegnete ich. „Sammeln Sie einfach die Kacke von Ihrem Wackeldackel ein und werfen Sie das Zeug in die nächste Mülltonne! Oder gehören Sie vielleicht zu denen, die die Kacke zwar verpacken, die Beutel dann aber einfach irgendwo in der Landschaft liegenlassen?"

„Das ist kein Dackel!", empörte sich die Frau. Ich stellte befriedigt fest, dass ich mit dem Wackeldackel einen Nerv getroffen hatte. „Das ist ein Basselier. Er hat vielleicht etwas Ähnlichkeit mit einem Dackel, aber genau genommen ist ein Basselier eine Kreuzung zwischen einem Basset Hound und einem King Charles Cavalier Spaniel."

„Seine Kacke ist trotzdem nicht aus Schokolade", konterte ich postwendend.

Der Frau war es inzwischen gelungen, ein Beutelchen aus der Packung herauszuziehen. Doch statt sich endlich ans Werk zu machen, ließ sie dieses nun mit verlegenem Blick von einer Hand in die andere wandern.

„Was ist denn nun?", stellte ich sie zur Rede. „Warten Sie bloß nicht darauf, dass ich gehe. Da können Sie lange warten, ich gehe nicht!"

„Durchfall", sagte die Frau. Ihre Stimme war nun so leise, dass ich Mühe hatte, sie zu verstehen. „Der Hund hat Durchfall."

Dann schien sie sich in das Unvermeidliche fügen zu wollen und ging in die Hocke, um sich an die Arbeit zu machen.

Doch ich legte ihr meine Hand auf die Schulter und sagte in väterlichem Ton: „Durchfall? Durchfall also? Das ist was anderes, Durchfall ist höhere Gewalt."

Die Frau blickte dankbar zu mir auf. Nachdem sie wieder aufgestanden war, sagte sie: „Wir waren bei meiner Schwester. Die füttert ihn immer. Ich sage immer, lass das bloß sein, Lena, aber kaum lasse ich sie aus den Augen, füttert sie ihn schon wieder."

Ich nickte verständnisvoll. „Kein Wunder, dass der Hund Durchfall hat." Dann streichelte ich das Tier ausgiebig, um zu zeigen, dass die Sache für mich nun wirklich in Ordnung ging und ich der Frau nichts nachtrug. Als die beiden weitergingen, winkte ich ihnen nach. So fair muss man sein, dachte ich dabei.

Tatort Köln Kalk

Es waren etwa zwanzig Menschen, die vor der Lamberti-Kirche im Halbkreis vor einem fast zwei Meter großen Mann standen, der eine Art Rede zu halten schien. Ich war noch gut zehn Meter von der Gruppe entfernt und konnte nicht verstehen, was er sagte. Doch das Thema war problemlos zu erraten, denn der Mann hielt ein aufgeklapptes Ringbuch mit einem Bild von Kommissar Thiel und Professor Boerne in der erhobenen rechten Hand, den beiden Helden des Münster-Tatort.

„Hier sehen Sie Boerne und Thiel ungefähr an der Stelle, an der wir uns nun befinden", erklärte der Tour Guide gerade, als ich nah genug herangekommen war, um ihn verstehen zu können. „Bitte beachten Sie auch die drei eisernen Körbe oben am Kirchturm. Das sind Nachbildungen der Käfige, in denen die Leichen der Wiedertäufer, die dem Fürstbischof die Herrschaft über die Stadt streitig gemacht hatten, zur Abschreckung ausgestellt worden sind."

Es war gefühlt die hundertste Münster-Tatort-Truppe, die mir in den letzten Monaten über den Weg gelaufen war, und ich entschloss mich, diesmal selbst einen Beitrag zum Gelingen der Tour zu leisten.

„Jan Josef Liefers hat die Lamberti-Kirche einmal mit dem Kölner Dom verglichen", fuhr der Tour Guide fort. „Er sagte, auf dem Lamberti-Kirchplatz, also dort, wo wir uns jetzt gerade befinden, fühle er sich, als sei er nicht in Münster, sondern in Köln auf der Domplatte."

Seine Zuhörerschaft quittierte diese Anekdote mit höflichem Lachen. Eine dicke Frau mittleren Alters zog ihr Handy hervor und fotografierte den Kirchturm, der tatsächlich Ähnlichkeit mit den Zwillingstürmen des Kölner Doms hat.

Dann sagte sie: „Wenn die beiden jetzt hier wären, würde ich sie bitten, mit mir ein Selfie zu machen. Die Kirche wäre der ideale Hintergrund." Ihre Art zu sprechen ließ darauf schließen, dass sie aus Sachsen kam.

„Ja, ein Selfie mit den beiden, das wäre toll, oder wenigstens ein Autogramm…", pflichtete ihr eine andere Frau bei. Sie wollte offensichtlich noch mehr sagen, kam aber nicht mehr dazu, weil ich mich nun zu Wort meldete.

„Kein Wunder, dass der Mann dachte, er wäre in Köln", erklärte ich mit erhobener Stimme, vielleicht sogar etwas lauter als unbedingt notwendig, um verstanden zu werden. „Der Münster-Tatort wird nämlich nicht in Münster gedreht, sondern in Köln Kalk!"

Sofort gehörte die Aufmerksamkeit der gesamten Gruppe mir, der Tour Guide war abgemeldet. „Ja, Sie haben richtig gehört", fügte ich hinzu, die Gunst des

Augenblicks nutzend. „In Köln Kalk! Sie sollten es daher besser dort versuchen. Einfach die A1 runter in Richtung Süden. Köln Kalk! Vielleicht warten Thiel und Boerne dort schon auf Sie. Mit Fotos und Autogrammen in rauen Mengen."

„Die drehen nicht in Köln Kalk", sagte ein älterer Herr. Er hatte einen grauweißen Gabelbart, der ihm bis auf die Brust reichte, und hätte würdevoll ausgesehen, wenn sein Gesichtsausdruck nicht so verdrießlich gewesen wäre. „Die drehen in Köln Braunsfeld. Und in Bonn."

„Ach so, in Köln Braunsfeld und in Bonn", gab ich zurück. „Und warum seid ihr dann hier und nicht in Köln Braunsfeld und in Bonn?"

Der Gabelbart schüttelte missbilligend den Kopf, blieb aber die Antwort auf meine Frage schuldig.

„Wirklich, in Münster trefft ihr keinen von der Bagage", fuhr ich fort, dabei redlich bemüht, möglichst treuherzig in die Runde zu blicken. „Diese Leute kommen hier nur alle Jubeljahre mal vorbei. Sie machen dann ein paar Aufnahmen, die später in das Zeug reingebastelt werden, das sie in Köln Kalk drehen. Herr Prahl auf dem Prinzipalmarkt, Herr Liefers vor dem Schloss. Vielleicht auch noch mal die ganze Truppe am Aasee oder vor dem Erbdrostenhof. Und dann sind sie auch schon wieder verschwunden."

Ich wartete einige Augenblicke, um den Münster-Tatort-Fans Gelegenheit zu geben, diese Nachricht zu verdauen. Dann fügte ich hinzu: „Und das, was sie aus Münster mitbringen, muss dann für zehn Folgen ausreichen. Oder für zwanzig. Da wäre es doch auch wirklich ein Wunder, wenn der Münster-Tatort irgendwas mit Münster zu tun hätte."

„Wer hat Sie eigentlich nach Ihrer Meinung gefragt?", sagte der Gabelbart.

Ein anderer älterer Herr, der neben ihm stand, murmelte etwas von Kostengründen und von Rücksicht auf die Beitragszahler.

„Ich finde, dass Jan Josef Liefers den arroganten und doch herzensguten Rechtsmediziner Professor Boerne sehr authentisch verkörpert!", meldete sich nun die dicke Sächsin wieder zu Wort. Um zu unterstreichen, dass sich ihre Botschaft ausschließlich an ihre Gruppe richtete und ich für sie Luft war, kehrte sie mir dabei demonstrativ den Rücken zu.

Doch ich ließ mich davon nicht beirren und konterte umgehend: „Das kann ich leider nicht beurteilen, meine Liebe. Mir fehlen die Vergleichsmöglichkeiten. Ich habe in meinem ganzen Leben noch keinen arroganten und doch herzensguten Rechtsmediziner kennengelernt."

„Sehr witzig", sagte der Gabelbart.

„Jan Josef Liefers und Axel Prahl haben mit Münster so wenig am Hut wie Pinguine mit Ikebana", legte ich ungerührt nach. „Liefers ist Ossi und Prahl ein Fisch-kopp. Die kennen Münster nur von der Landkarte."

„Es reicht!", sagte der Gabelbart, der nun richtig sauer war und Mühe hatte, die Wut in seiner Stimme zu unter-drücken. „Es reicht jetzt wirklich!"

„Aber Mechthild Großmann ist in Münster geboren", mischte sich eine andere Frau ein, die ich bisher überse-hen hatte, weil sie von der Dicken verdeckt worden war.

„Wer?", entgegnete ich.

„Die Staatsanwältin Klemm, also Mechthild Groß-mann! Mechthild Großmann ist in Münster geboren."

„Immerhin", sagte ich. „Wer hätte das gedacht..."

„Jetzt wohnt sie aber in Hamburg", sagte ein kleiner Mann mit einem Kugelbauch, der mir gleich zu Anfang aufgefallen war, weil er einen Strohhut mit breiter Krempe, eine Anglerweste mit unzähligen kleinen Ta-schen und Cowboystiefel trug. Die Dicke warf ihm da-raufhin einen vernichtenden Blick zu.

Der Tour Guide hatte dem Ganzen bislang wortlos zugesehen. Vermutlich war er davon ausgegangen, dass ich irgendwann von selbst wieder verschwinden würde, wenn er mich nicht beachtete. Nun gab er seiner Gruppe das Signal zum Aufbruch. Die Münster-Tatort-Fans schienen darauf nur gewartet zu haben und setzten sich sogleich in Richtung Paulus-Dom in Bewegung. Offen-sichtlich war niemand von ihnen daran interessiert, an-stelle von Kommissar Thiel und Professor Boerne zur

Abwechslung einmal einen echten Münsteraner kennenzulernen. Der Tour Guide und die dicke Sächsin gingen voran, der Gabelbart bildete das Schlusslicht.

„Hey!", rief ich ihnen nach. „Das ist die falsche Richtung! Wenn ihr nach Köln Kalk wollt, müsst ihr links abbiegen!"

Zuerst deutete nichts darauf hin, dass mich die Münster-Tatort-Fans gehört hatten. Ich war kurz davor, mich damit abzufinden, dass meine Abschiedsworte umsonst gewesen sein sollten, als der Gabelbart sich umdrehte und mir den Stinkefinger zeigte. Geht doch, dachte ich.

Der Methusalemkomplex

Sie wollen wissen, was Frauen wirklich anmacht? Was Frauen an einem Mann wirklich zu schätzen wissen? Was sie quasi magisch anzieht? Das ist es, was Sie wissen wollen? Okay, dann will ich es Ihnen verraten, gleich hier und jetzt, ohne Umschweife! Wir sind schließlich erwachsene Menschen und können über alles reden.

Es ist nicht, wie manche vielleicht glauben, ein makelloser, hünenhafter Körper. Ein Kreuz so breit wie ein Schrank, schmale Hüften, Bizeps in der Größe von Melonen, Sixpack statt Bauchspeck – man könnte ja meinen, dass Frauen so was toll finden. Ist aber nicht so, ist überhaupt nicht so. Manche finden so was vielleicht recht nett, zumindest für eine gewisse Zeit, aber mehr auch nicht. Und wer was anderes glaubt, hat keine Ahnung von Frauen, wirklich keine Ahnung.

Es ist auch nicht die Fähigkeit, sich in andere hineinzuversetzen, also Sensibilität und Einfühlungsvermögen. Heutzutage wird das auch gern Empathie genannt. Ich weiß, dass immer wieder behauptet wird, dass Frauen auf sensible und empathische Männer stehen. Doch wer sich auskennt, weiß, dass das für Frauen ebenfalls so gut wie keine Rolle spielt. Wird gern mitgenommen, wenn es da ist, lockt letztlich aber keine Hündin hinter dem Ofen hervor.

Und was ist mit Humor? Humor, dass ich nicht lache! Ob ein Mann Humor hat oder nicht, ist Frauen so was von egal. Es gibt gar kein Wort dafür, wie egal es Frauen ist, ob ein Mann Humor hat oder nicht. Humor wird allgemein überschätzt.

Und es ist auch nicht ein prall gefülltes Bankkonto, gespeist aus Immobilienbesitz und garniert mit Aktienpaketen, was einen Mann für Frauen attraktiv macht. Ein Kerl macht einen auf dicke Hose und eine Frau soll dazu auch noch Beifall klatschen? Nein und nochmals nein! Wer so was behauptet, tut den Frauen bitter Unrecht. So sind Frauen nicht!

Aber was ist es dann, das Frauen wirklich anmacht? Was ist es, wonach sie sich sehnen und was sie bei einem Mann wirklich zu schätzen wissen? Ganz einfach, das ist Lebenserfahrung! Lebenserfahrung und noch einmal Lebenserfahrung. Umso mehr Lebenserfahrung ein Mann hat, desto anziehender wirkt er auf Frauen.

Und das gilt ganz besonders für junge Frauen, denn diese verfügen zumeist nur über eine sehr geringe Lebenserfahrung und sind daher natürlich ganz besonders daran interessiert, dieses Defizit auszugleichen. Psychologinnen und Psychologen sprechen hier vom Methusalemkomplex. Wer das einmal verstanden hat, wundert sich auch nicht mehr darüber, dass sich alte Männer vor jungen Frauen oft kaum retten können.

Ein Beispiel dafür? Ja, sehr gern auch zwei! Nehmen wir beispielsweise Gerhard Schröder und Joschka Fischer, die sich zuerst mit der Agenda 2010 in einzigartiger Weise um unser Land verdient gemacht und dann viele Jahre darum gewetteifert haben, wer als Wirtschaftslobbyist die meiste Kohle einfahren kann.

Die aktuelle Frau vom Gerhard heißt Kim und ist sechsundzwanzig Jahre jünger als er. Und natürlich hätte die Kim sich auch einen deutlich jüngeren Mann angeln können. Beispielsweise Alexander Dobrindt, der genauso alt ist wie sie, oder Philipp Amthor, der mindestens zwanzig Jahre jünger ist, auch wenn er das niemals zugeben würde. Warum hat die Kim nicht einen von diesen beiden genommen, sondern den Gerhard? Ganz einfach: Sie weiß genau, dass es für eine Frau nichts Besseres gibt als einen Mann mit Lebenserfahrung. Darum hat die Kim sich sofort zur Verfügung gestellt, als die Stelle der Altkanzler-Gattin wieder vakant wurde, auf der Stelle und ohne Wenn und Aber.

Und Familie Fischer? Die aktuelle Frau vom Joschka ist siebenundzwanzig Jahre jünger als er. Wenn man einmal verstanden hat, dass die Lebenserfahrung eines Mannes für die Partnerwahl von Frauen eine entscheidende Rolle spielt, ist das natürlich auch keine Überraschung mehr. Dennoch bleibt hier aber eine Frage offen: Warum siebenundzwanzig Jahre, wo die Frau vom Gerhard doch nur sechsundzwanzig Jahre jünger ist als ihr Mann? Was soll das? Und ja, ich muss ganz ehrlich zugeben, dass ich darauf auch keine Antwort habe.

Aber jedenfalls waren das zwei sehr gute Beispiele für das, was hier zur Diskussion steht. Und ich könnte noch jede Menge weitere Beispiele anführen. Von Alec Baldwin über David Hasselhoff bis William Shatner. Aber das mache ich jetzt nicht, denn ich möchte auch noch auf die Kehrseite der Medaille hinweisen. So viel Objektivität muss sein! Denn anscheinend läuft es nicht immer so glatt wie beim Gerhard und beim Joschka. Jedenfalls nicht, wenn man einer Studie glaubt, die kürzlich in Psychologie Heute vorgestellt wurde. Danach birgt der Methusalemkomplex sogar beachtlichen sozialen Sprengstoff.

Die schreiben da: „Für ältere Männer, die sich zunehmend den Nachstellungen und Belästigungen durch blutjunge Frauen ausgesetzt sehen, ist diese Entwicklung schon längst zu einem gravierenden Problem geworden. Denn wo sollen sie sich noch sicher fühlen, wenn die junge Kassiererin im Supermarkt, die auf den ersten Blick völlig unauffällig wirkende Sachbearbeiterin im Finanzamt oder die zahnmedizinische Fachangestellte, die eigentlich nur eine professionelle Zahnreinigung durchführen sollte, zur potentiellen Gefahrenquelle wird?"

Das klingt etwas übertrieben, könnte man denken. Ist es vielleicht aber gar nicht. Warten wir erst mal ab, wie sich das Ganze weiterentwickelt.

Und eine weitere Frage ist hier noch offen: Was ist mit Frauen mit Lebenserfahrung? Ja, was ist eigentlich damit? Wenn man das Thema etwas umfassender beleuchten möchte, muss man sich natürlich auch mit dieser Frage auseinandersetzen: Was ist mit Frauen mit Lebenserfahrung? Aber keine Angst, die Antwort ist diesmal wieder ganz einfach: Bei Frauen mit Lebenserfahrung ist es natürlich ganz genauso wie bei Männern mit Lebenserfahrung. Wirklich ganz genauso, nur eben umgekehrt.

Der Handgranatenmann

Ich bin nicht mehr ganz jung und mir sind in meinem Leben schon viele schräge Typen begegnet, das ist mal sicher. Aber niemand toppt den Handgranatenmann, das ist ebenso sicher.

Ich traf den Handgranatenmann an einem sonnigen Samstagmittag auf dem Wochenmarkt am Dom. Ich stand an einem der Stehtische, die zu dem Kaffeestand in der Nähe des Paradiesportals gehören, als er auf einmal auftauchte und seinen Milchkaffee neben meinem abstellte. Er wirkte geistesabwesend, unkonzentriert, auch irgendwie deprimiert. Natürlich erregte sein hellblaues Superheldenkostüm mit dem dunkelblauen Umhang sofort meine Aufmerksamkeit.

„Ich kenne viele Superhelden", sagte ich, nachdem ich den Handgranatenmann auf seine ungewöhnliche Kleidung angesprochen und er sich mir als Superheld vorgestellt hatte. „Ich kenne Batman, Superman, Spiderman, Captain America, den Hulk. Ich kenne Wonder Woman, Green Lantern und Nightwing. Aber, ganz ehrlich, von einem Handgranatenmann habe ich noch nie was gehört."

„Auch nich' von The Handgrenade oder The Grenade oder The Grenadier?"

„Nein, auch nicht."

„Und trotzdem, es gibt ihn, glaub' mir", sagte der Handgranatenmann mit einem traurigen Lächeln. „Er steht vor dir."

„Und was hast du für Kräfte?"

Das Lächeln des Handgranatenmannes wurde noch eine Spur trauriger.

„Kräfte? Du meinst Superkräfte? Gar keine! Ich hab' Handgranaten, wie der Name schon sagt. Und das is' auch schon alles. Ich bin der Handgranatenmann."

Ich nickte und betrachtete die Handgranaten, die an dem Gürtel des Mannes befestigt waren. Außerdem prangte auf seiner Brust das Bild einer stilisierten Handgranate. Ich hatte sie zuerst für eine Ananas gehalten.

„Batman hat auch keine Superkräfte", fuhr der Handgranatenmann fort. „Aber Batman is'n Fake, nix anderes. Und 'nen saudämlicher dazu. Ein Milliardär, der sein'n Arsch riskiert, um das Böse zu bekämpfen. Lächerlich, wer soll das glauben? Superman, das is' schon 'ne andere Nummer. Oder die Fackel oder Quicksilver, das sind die wirklich coolen Kollegen."

„Oder Wolverine", sagte ich.

Doch der Handgranatenmann schüttelte den Kopf.

„Nee, Wolverine eher nich'. Der hat zwar Superkräfte, da hast'e recht. Aber der Typ is' trotzdem nich' zu beneiden. Eigentlich 'ne ganz arme Sau, der Wolverine. Ich denk' mal, auf das, was der hat, kann man besser verzichten. Besser keine Superkräfte als so was, oder?"

Der Handgranatenmann sah mich fragend an. Offensichtlich war er wirklich an meiner Meinung interessiert. Ich dachte an die Schmerzen, die Wolverine beim Ausfahren seiner Adamantium-Klauen aushalten musste, bevor er Gorgon oder Sabretooth einen verplätten konnte, und nickte zustimmend.

Der Handgranatenmann nahm einen Schluck von seinem Kaffee und ließ den Blick über das Gewimmel schweifen, das uns umgab. Nachdenklich musterte er die Marktstände und die Menschentrauben, die sich davor gebildet hatten, und die Menschenströme, die sich in unterschiedliche Richtungen bewegten und manchmal stockten, wenn sie sich aneinander vorbeischieben mussten. Schließlich sagte er: „Ich frag' mich, wie viele von den Leuten hier wissen, dass Wolverine Vielfraß heißt und mit Wolf nix zu tun hat."

„Vielfraß?", wiederholte ich. „Wolverine heißt Vielfraß? Echt jetzt?"

"Ja, Vielfraß."

„Blöder Name für einen Superhelden", gab ich zurück. „Irgendwas mit Wolf wäre besser gewesen."

„Ja, wär' wirklich besser gewesen", pflichtete mir der Handgranatenmann bei. Dann kam er auf das Thema Superkräfte zurück: „Die ein'n könn'n fliegen, die anderen könn'n ihren Körper verformen und beispielsweise durch'n Schlüsselloch kriechen. Und dann gibt's welche, die haben 'nen Röntgenblick oder was weiß ich. Und was hab' ich? Nix dergleichen, Fehlanzeige!"

Als ich stumm blieb, nahm der Handgranatenmann einen weiteren Schluck von seinem Milchkaffee. Nachdem er die Tasse wieder abgestellt hatte, fügte er gedankenverloren hinzu: „Ich hab' mich aber auch nich' grad' darum gerissen, der Handgranatenmann zu werden. Hat sich einfach so ergeben. Die Dinge laufen wie sie laufen und irgendwann bist'e der Handgranatenmann, basta."

Ich reagierte mit einem verständnisvollen Nicken. Ungerechtigkeit, wo man hinschaut, dachte ich, auch bei den Superhelden.

„Eigentlich hab' ich sogar Angst vor den Dingern", sagte der Handgranatenmann. „Wenn ein'm 'nen halbes Duzend Handgranaten um die Eier herumbaumelt, kann ein'n das schon nervös machen. Man weiß ja nie, ob so'n Scheißding nich' mal von selber losgeht."

Ich trat instinktiv einen Schritt zurück, doch der Handgranatenmann hob beschwichtigend die Hände.

„Nee, nur die Ruhe", sagte er. „Normalerweise passiert da nix. Normalerweise! Aber du kanns' ja auch mal wo hängenbleiben. An 'nem Strauch, wenn du ein'n durch 'nen Park verfolgen muss'. Oder durch 'nen Wald. Oder wenn du über 'nen Zaun rüber muss'. Was glaubst du, wie oft ich schon über 'nen Zaun rüber musste? Was, wenn so'n Scheißding dann wo hängenbleibt und losgeht? Was is' dann? Dann bin ich im Arsch!"

„Zweifellos", entgegnete ich. Ich wusste, dass das hart klang, aber es war halt die Wahrheit.

„Und außerdem, ich bin einssiebenundsiebzig", fuhr der Handgranatenmann fort. „Ich finde, das is' eigentlich zu klein für 'nen Superhelden."

Ich zuckte mit den Schultern. Ich war nicht größer als er, andererseits aber auch noch niemals in die Verlegenheit gekommen, mich als Superheld durchbeißen zu müssen.

„Iron Man ist nur einszweiundsiebzig, höchstens", sagte ich und hoffte, dass das den Handgranatenmann trösten würde. „Vielleicht auch nur einssiebzig."

„Ja, das is' richtig", gab der Handgranatenmann zurück. „Doch Iron Man hat diese Hightech-Rüstung. Und wenn er die anhat, dann is' er zwei Meter."

„Zwei Meter", wiederholte ich. „Ja, okay, daneben sieht einer wie du natürlich klein aus."

„Hawkeye is' einsneunundsiebzig und erzählt allen, er is' einsachtzig", sagte der Handgranatenmann. „Doch das kannst'e mit einssiebenundsiebzig nich' machen. Ein Zentimeter geht noch, den kann man schlabbern, aber drei Zentimeter, das fällt doch auf..."

„Vielleicht schon, vielleicht aber auch nicht", gab ich zurück. „Du kannst es ja mal ausprobieren."

„So'n Oberschweinehund, einer von diesen kranken Seegers, die für den Joker arbeiten, war mal mit 'nem Flammenwerfer hinter mir her", sagte der Handgranatenmann. „Da war ich ausnahmsweise mal echt froh, der Handgranatenmann zu sein. Der Drecksack wollte mich grillen, aber ich hab' ihn zur Hölle geschickt. Granate her und bumpaff und weg, die Sau!"

Dieser Gedanke schien meinen Tischgenossen ein wenig aufzuheitern.

„Bumpaff und weg", wiederholte ich und nickte anerkennend. Es war offensichtlich, dass der Handgranatenmann einen wirklich schlechten Tag hatte, und ich wollte ihm die Möglichkeit geben, die Erinnerung an dieses besondere Ereignis noch etwas länger auszukosten.

Doch schon im nächsten Augenblick sah er auf seine Uhr und trank eilig seine Tasse leer.

„Ich muss los", sagte er. „Mein Bus kommt."

„Jetzt gleich?"

„Fährt in zehn Minuten."

„Wohin?", fragte ich.

„Olfen", antwortete er.

„Olfen? Oh!"

„Ja, da wohn' ich."

„Echt?"

„Ja, schon immer, bin in Olfen geboren."

„Ein Auto hast du nicht?"

„Nee, nich' mehr. Ich hatte mal 'nen Opel Corsa. Is' aber finanziell nicht mehr drin. Nich' nur wegen Sprit, auch wegen Reparaturen und Versicherung und so."

„Okay, ja, verstehe...", sagte ich. „Dann sieh mal zu, dass du deinen Bus noch kriegst. Tschüss und holl di kreggel!"

„Selber auch!", sagte der Handgranatenmann und klopfte zum Abschied dreimal auf den Tisch.

Ich sah ihm nach, als er davonging. Einige Marktbesucher beobachteten den Handgranatenmann verstohlen aus den Augenwinkeln, andere drehten sich sogar nach ihm um. In Münster sind die meisten Leute eher zurückhaltend und wollen nicht gern neugierig erscheinen. Aber ein Superheld auf dem Wochenmarkt, das machte schon Eindruck.

Aus Olfen kommt er, dachte ich, wirklich kaum zu glauben, dass die dort einen Superhelden haben. Ich kannte Olfen. Das Städtchen hat etwa dreizehntausend Einwohner und liegt dreißig oder vierzig Kilometer südwestlich von Münster. Ich war mal dort gewesen, um mir einen Gebrauchtwagen anzusehen. Die Hinfahrt und die Rückfahrt hatten ewig gedauert. Zwischen Münster und Olfen fährt kein Zug, es gibt nur eine lausige Busverbindung. Wirklich schade, dass er nicht fliegen kann, dachte ich.

Verarschung (gewidmet Jussi Adler Olsen)

Was hast du gesagt? Verarschen kann ich mich selber, hast du gesagt? Ja, das ist zweifellos richtig, mein lieber Freund, du kannst dich wirklich supergut selber verarschen. Ja, wirklich supergut, das macht dir so leicht keiner nach. Ich muss sogar sagen, ich kenne nur wenige, die sich so gut selber verarschen können wie du, eigentlich niemanden. Und dabei hast du es noch nicht einmal nötig, mein lieber Freund, überhaupt nicht nötig. Denn du weißt ja – und das ist jetzt nicht einfach nur so daher gesagt, sondern wirklich ernst gemeint – du kannst immer und jederzeit zu mir kommen, wenn du verarscht werden willst.

Der Mann auf dem Plakat

Das Plakat mit der Zigarettenwerbung klebte schon mindestens seit drei Wochen an der Eisenbahnunterführung an der Wolbecker Straße. Nicht im Tunnel, wo die meisten Plakate angepappt sind, sondern neben dem Eingang zum Tunnel, auf der rechten Seite, wenn man Richtung Innenstadt geht. Bislang hatte mich der Mann darauf ebenso ignoriert wie ich ihn. Doch an jenem lauen Septemberabend vor drei Jahren, an den ich mich schon deshalb noch gut erinnere, weil morgens mein neuer Fernseher geliefert worden war, ignorierte er mich auf einmal nicht mehr. Ich weiß nicht warum, aber plötzlich schien er mich interessant zu finden. Das war allerdings nicht erfreulich, ganz im Gegenteil, denn der Mann auf dem Plakat machte mich auf eine Weise an, die echt fies war.

„Hey, du Vogel mit der albernen Kappe und dem Neil Young-T-Shirt!", rief er. „Ja, dich meine ich! Was bist du eigentlich für ein erbärmlicher Wicht?"

Zuerst war ich starr vor Überraschung. Wer rechnet auch schon mit so etwas? Aber es dauerte nur wenige Sekunden, bis sich meine Verblüffung in Wut verwandelt hatte, und dann zahlte ich dem Mann auf dem Plakat mit gleicher Münze zurück: „Erbärmlicher Wicht? Das sagst du zu mir? Ausgerechnet du? Einer, der den ganzen Tag rumhängt und Werbung für Zigaretten macht? Einer, der sich für so einen Scheiß hergibt? Das darf doch gar nicht wahr sein!"

Doch der Mann auf dem Plakat ging darauf nicht ein und fuhr fort, mich zu beleidigen. „Jeden Tag schleichst du hier vorbei wie ein geprügelter Hund!", rief er. „Erst schleichst du in die eine Richtung, anderthalb Stunden später kommst du zurück und schleichst in die andere. Wo gehst du eigentlich hin? Zu den Anonymen Alkoholikern? Zum Arbeitsamt?"

„Wo ich hingehe, geht dich einen Scheißdreck an!", konterte ich. „Und meinen Alkoholkonsum habe ich recht gut allein im Griff. Und das Arbeitsamt ist schon seit über zwanzig Jahren nicht mehr in der Wolbecker Straße, sondern ganz woanders."

„Ja, mag sein", sagte der Mann auf dem Plakat. „Trotzdem, du siehst aus wie ein arbeitsloser Alkoholiker."

„Kennst du die Geschichte von Wayne McLaren?", sagte ich.

„Nein, wer soll das sein?"

„Wayne McLaren war ab Mitte der siebziger Jahre der Marloboro-Mann. Der coole Cowboy mit der Zigarette im Mundwinkel. Dein prominentester Kollege, könnte man sagen. In Werbespots und auf tausend Plakaten zu bewundern. Und weißt du, was dann war? Der Mann ist an Lungenkrebs gestorben. Elendiglich verreckt mit einundfünfzig Jahren. Hat zuletzt auch keine Tabakwerbung mehr gemacht, sondern vor dem Rauchen gewarnt. Dachte wohl, dass er was gutzumachen hätte. Und das war auch nicht der einzige Marloboro-Cowboy, der an seinen eigenen Glimmstängeln zugrunde gegangen ist. Also pass mal gut auf, dass es dich nicht auch erwischt."

„Woher willst du denn wissen, dass ich rauche?", sagte der Mann auf dem Plakat. „Vielleicht rauche ich ja gar nicht."

„Was, du rauchst nicht? Das ist ja wohl die Höhe!", rief ich und fixierte den Mann auf dem Plakat mit einer Mischung aus Abscheu und Empörung. „Andere zum Rauchen verleiten und selber nicht rauchen? Pfui Deibel! Wer dafür wirbt, dass andere rauchen, sollte zumindest den Anstand haben, selbst an dem Zeug zu krepieren."

Dieser Satz zeigte Wirkung. Der Mann auf dem Plakat wirkte auf einmal sehr nachdenklich.

„Vielleicht ist was dran an dem, was du sagst", räumte er schließlich ein. Von der Arroganz, mit der er zuerst aufgetreten war, war nun nichts mehr zu spüren. Und nach einer weiteren Pause fügte er hinzu: „Ich habe das Ganze bisher einfach als Job betrachtet. Als etwas, das eben gemacht werden muss, wenn ein Unternehmen Geld verdienen will. Als etwas, das ein anderer machen würde, wenn ich es nicht machte. Als etwas, das mit mir selbst nichts zu tun hat. Aber eigentlich ist das ja gar nicht so. Ich hätte mich auch anders entscheiden können. Und letztlich ist jeder verantwortlich für das, was er tut… Das ist es doch, was du meinst, oder?"

Der Mann auf dem Plakat sah mich fragend an, beinahe flehentlich. Er wirkte nun so niedergeschlagen, dass er mir leidgetan hätte, wenn ich wegen der miesen Art, in der er mich angemacht hatte, nicht noch immer extrem sauer gewesen wäre. Und genau deshalb verspürte ich auch nicht die geringste Lust, mit ihm über grundsätzliche Dinge wie persönliche Entscheidungsfreiheit und soziale Verantwortung zu diskutieren.

„Vielleicht ja, vielleicht auch nicht", sagte ich daher nur. „Ich muss jetzt jedenfalls weiter. Tschüssikowski!"

„Warte doch! Deine Meinung interessiert mich wirklich!", versuchte der Mann auf dem Plakat mich zurückzuhalten.

Doch ich hatte mich schon in Bewegung gesetzt und war im nächsten Augenblick in der Eisenbahnunterführung verschwunden, wo er mich nicht mehr sehen konnte.

„Das mit dem Alkohol und dem Arbeitsamt war doch gar nicht so gemeint!", rief er mir nach. „Ich habe doch gar nichts gegen dich. Aber wenn man die ganze Zeit hier festhängt und immer nur dasselbe sieht, twenty-four-seven, kann man auch schon mal aggressiv werden."

Du kannst gern aggressiv werden, aber bitte ohne mich, dachte ich, voller Genugtuung darüber, dass es mir gelungen war, den Mann auf dem Plakat in Rekordzeit von seinem hohen Ross herunterzuholen.

Zu Hause angekommen war ich mir aber schon gar nicht mehr so sicher, das Richtige getan zu haben. Als ich mich vor meinen neuen Fernseher setzte, um die Sender einzustellen, hatte ich Schwierigkeiten, mich zu konzentrieren. Auf einmal bereute ich es, den Mann auf dem Plakat so eiskalt abserviert zu haben. Ja, die Anmache war richtig fies, dachte ich, aber er hat von mir auch umgehend eine passende Antwort bekommen, so dass wir eigentlich quitt sind. Und er scheint kein Dummkopf zu sein. Und er scheint für vernünftige Argumente zugänglich zu sein. Und sind das nicht exakt die Eigenschaften, die einen Menschen in die Lage versetzen, mit Kritik konstruktiv umzugehen und aus Fehlern zu lernen? Schließlich musste ich mir eingestehen, dass es der Mann auf dem Plakat wohl durchaus wert gewesen wäre, sich noch ein wenig mit ihm zu beschäftigen.

Am nächsten Tag machte ich mich gleich nach dem Frühstück auf den Weg zur Eisenbahnunterführung, um das Versäumte nachzuholen. Ich war nun bereit, mein Wissen zu grundlegenden Fragen der persönlichen Entscheidungsfreiheit und sozialen Verantwortung mit dem Mann auf dem Plakat zu teilen. Vorbehaltlos und einschließlich der entsprechenden Lebenserfahrung, über die ich in reichlichem Maße verfügte.

Doch als ich an der Unterführung ankam, war das Plakat mit der Tabakwerbung verschwunden. Es war durch ein anderes ersetzt worden, das für Damenunterwäsche warb. Während ich das neue Plakat studierte, wurde mir schmerzlich bewusst, dass es nun unwiderruflich keine Gelegenheit mehr geben würde, das von mir so voreilig abgebrochene Gespräch fortzusetzen. Ein Gespräch, von dem vermutlich nicht nur der Mann auf dem Plakat, sondern auch ich selbst in hohem Maße profitiert hätte.

Das neue Plakat zeigte eine Frau, die nur mit Slip und Büstenhalter bekleidet war. Die Frau sah einfach phänomenal aus, das war ein kleiner Trost. Ich wartete noch einige Minuten, ob sie mich vielleicht auch ansprechen würde. Doch es passierte nichts dergleichen und ich ging schließlich wieder nach Hause.

Lustige Sachen

Ich schreibe lustige Sachen, ja, das schon. Aber es gibt dabei ein Problem: Die lustigen Sachen, die ich schreibe, finden andere meistens überhaupt nicht lustig. Und es gibt leider nichts, was ich dagegen tun könnte. Da ist einfach nichts zu machen, wirklich gar nichts.

Wenn man lustige Sachen schreibt, die andere überhaupt nicht lustig finden, ist das natürlich erst mal gar nicht lustig, klar. Man wünscht sich, dass es anders wäre, und klammert sich lange an die Hoffnung, dass es irgendwann anders werden könnte. Wahrscheinlich sogar viel zu lange. Doch wenn man sich einmal damit abgefunden hat, dass die lustigen Sachen, die man schreibt, andere meistens überhaupt nicht lustig finden, ist es nicht mehr so schlimm. Wie fast alles im Leben ist auch das wohl letztlich nur eine Frage der Gewöhnung.

Ich selbst finde die lustigen Sachen, die ich schreibe, natürlich lustig. Manchmal finde ich sie sogar sehr lustig, wenn nicht sogar außerordentlich lustig. Klar, warum würde ich denn sonst so viel Zeit darauf verwenden, lustige Sachen zu schreiben?

Neulich hat mich jemand gefragt, ob man mit dem Schreiben von lustigen Sachen Geld verdienen kann. Da habe ich richtig lange nachdenken müssen, bis ich eine

Antwort geben konnte, wirklich richtig lange. Und dann habe ich gesagt: „Keine Ahnung, aber du kannst es ja mal versuchen."

Zum Autor

O.W. Müberlin zählt zu den wenigen westfälischen Heimatdichtern mit kosmopolitischem Anspruch, die es wirklich verdienen, ernst genommen zu werden.

Bücher von O.W. Müberlin

Heini und die Belagerung von Jerusalem. Der alternative Münsterkrimi

Hunnenkrätze

Die komatöse Frisöse. Hübsche und hässliche Geschichten aus Münster und der Welt

Zwanzig Sketche mit Herrn Schneider und Herrn Schröder

Bonusmaterial

Auszug aus **Heini und die Belagerung von Jerusalem. Der alternative Münsterkrimi** (erschienen 2013)

Kapitel 18

Der verdammte Drecksack wie er leibt und lebt, dachte ich als ich die blau gekleidete Gestalt erblickte. Holger Bahnmüller, der auf mich zulief, war noch etwa achthundert Meter von mir entfernt. Der magere Körper, die staksigen Beine, das schmale, von Haar und Bart umrahmte Gesicht, das so verbindlich lächeln konnte, wirklich unverwechselbar. Während ich sein Bild in mir aufnahm, gestand ich mir ein, dass er sich in den letzten zehn Jahren nur wenig verändert hatte, zumindest weniger als ich.

Schon in aller Frühe, es war noch dunkel gewesen, hatte ich mich mein Rad aus dem Keller geholt und mich damit auf den Weg zu Holgers Haus gemacht, einem Backsteingebäude mit Schieferdach, das ich zum ersten Mal als Kind betreten hatte. Abgesehen von dem Efeu, das die der Straße zugewandte Seite bedeckte und einem kleinen Wintergarten dort, wo früher eine Terrasse gewesen war, hatte ich das Haus unverändert vorgefunden. Aus der Kastanie, in meiner Jugend noch ein zartes Bäumchen, war allerdings ein gewaltiger Baum geworden, der Haus und Garten kleiner aussehen ließ als ich sie in Erinnerung hatte.

Dann hatte ich in einer Nebenstraße gewartet, bis Holger endlich herausgekommen war, gekleidet in einen hellblauen Jogginganzug, der wie ein Sack von seinem mageren Körper herabhing. Während sich die Sonne langsam über den Horizont schob, war ich ihm zuerst bis zum Kanal und dann auf dem Uferweg stadtauswärts gefolgt. Später hatte ich ihn auf einem Nebenweg, der durch ein kleines Wäldchen führte, überholt und war ihm dann bis zu einer Stelle vorausgefahren, die mir für meine Zwecke geeignet erschien.

Noch im Cafe Herzig, unmittelbar nachdem ich den Artikel über ihn gelesen hatte, war mir klar geworden, dass ich die unverhoffte Chance, die alte Rechnung mit Holger Bahnmüller unauffällig zu begleichen, nicht verstreichen lassen durfte. Und diesmal wollte ich mich von Anfang an nicht mit halben Sachen begnügen. Holger sollte nicht nur einfach eine Tracht Prügel bekommen, von der er sich vielleicht schon nach wenigen Wochen wieder erholt hätte, sondern Mackrodt in die ewigen Jagdgründe folgen. Klappe zu, Affe tot, im wahrsten Sinne des Wortes.

Die Leichtigkeit, mit der die Aktion in Köln über die Bühne gegangen war, bestärkte mich in der Überzeugung, dass ich auch damit davonkommen würde. Inzwischen wunderte es mich nicht mehr, dass eine Untersuchung an der Uni Münster ergeben hatte, dass in Deutschland jedes zweite Tötungsdelikt unentdeckt bleibt.

Nun war Holger vielleicht noch sechshundert oder siebenhundert Meter von mir entfernt. Ich saß fröstelnd auf einer Holzbank, inzwischen barfuß und nur noch mit einem eng anliegenden Radfahreranzug bekleidet, und beobachtete ihn aus den Augenwinkeln. Zwischendurch vergewisserte ich mich, dass die Luft auf dem Kanal, auf dem gegenüberliegenden Ufer und hinter mir rein war. Mein Rad stand gegen die Bank gelehnt, so dass ich jederzeit aufspringen und lospreschen konnte.

Die Idee, wie ich Holger Bahnmüller zum Teufel schicken wollte, war einfach, aber vielleicht gerade deshalb auch gar nicht so schlecht. Ich wollte ihn abpassen, anspringen, mit mir in den Kanal reißen und erst wieder auftauchen, wenn er ersoffen war. Physisch würde das kein Problem sein. Ich wusste, dass ich Holger Bahnmüller notfalls mit einer Hand auf den Rücken gefesselt erledigen konnte. Nachdem Bahnmüller abgesoffen war, wollte ich zurück zu meinem Fahrrad laufen, den Jogginganzug und die Schuhe überziehen, die in meiner Satteltasche verstaut waren, und mich dann unauffällig wieder auf den Weg nach Hause machen.

Für den Fall, dass mich jemand mit Holger im Wasser sehen sollte, hatte ich mir eine besondere Geschichte ausgedacht. Ich wollte einfach behaupten, dass der Mann in den Kanal gefallen wäre und ich versucht hätte, ihn wieder herauszuholen.

Die Achillesferse des Unternehmens waren natürlich die Sekunden, die ich benötigen würde, um mir Bahnmüller zu greifen und ihn mit mir in den Kanal zu ziehen. Wenn jemand diesen Angriff beobachtet hätte, wäre ich unweigerlich geliefert gewesen.

Noch fünfhundert Meter, schätzte ich. Gut so, mein Junge, weiterlaufen und noch mal tief Luft holen, gleich ist nämlich Schluss damit. Dann waren es noch vierhundert Meter, dann noch dreihundert.

Holger hat wirklich einen grausamen Laufstil, dachte ich. Wie er so auf mich zukam, erinnerte er mich an jemanden, der Charleston tanzt. Das musste an seinem Körperbau liegen. An den breiten Hüften, den engen Schultern und den dürren Beinchen mit den knotigen Knien, die bei jedem Schritt aneinander vorbeischrammten, während die rotbeschuhten Füße an den dürren Unterschenkeln abwechselnd kleine Ausbruchsversuche zu unternehmen schienen.

Ja, komm schon, du Drecksau, komm schon, feuerte ich Holger lautlos an. Noch hundertfünfzig Meter, noch hundertzwanzig, noch hundert. Nun konnte ich das dumpfe Geräusch hören, das Holgers Schuhe auf dem Boden machten. Ich vertiefte mich in den gleichmäßigen Rhythmus seiner Schritte und schreckte auf, als er an einer mit Schotter bedeckten Stelle ins Rutschen kam, so dass aus dem eintönigen Klopfen für einen Augenblick ein Knirschen wurde.

Ich hörte Holger atmen, gleichmäßig, aber zu schwer für einen guten Lauf. Er hat das Tempo zu früh erhöht, dachte ich, typischer Anfängerfehler. Jemand sollte ihm sagen, dass man am besten langsam beginnt und die Geschwindigkeit dann allmählich steigert. Dann musste ich grinsen, denn alles sprach dafür, dass Holger nicht mehr allzu viel Gelegenheit haben würde, an seiner Lauftechnik zu feilen.

Ich vergewisserte mich noch einmal, dass auf dem Wasser und am gegenüberliegenden Ufer alles in Ordnung war. Gut, dachte ich, keine Menschenseele weit und breit.

Dann drehte ich den Kopf, um noch einen letzten Blick auf das verwilderte Grundstück hinter mir zu werfen. Und noch bevor ich ihn gesehen hatte, wusste ich, dass er dort war. Der Mann mit dem Goldzahn, der Mann, der mich nach Galina gefragt hatte, der Mann, den ich zuletzt an der Kirche gesehen hatte. Er stand zwischen zwei Fliederbüschen, die ihn umgaben wie die Seitentafeln eines Flügelaltars, keine hundert Meter von mir entfernt, und schaute in meine Richtung. Er sah mir direkt in die Augen.

Der Morgen war bis dahin diesig gewesen. Doch in dem Augenblick, als ich den Mann entdeckte, brach die Sonne zwischen den Wolken hervor. Ihre Strahlen, die für die Jahreszeit ungewöhnlich stark waren, erwischten meine ungeschützten Augen. Ich blinzelte, um sie abzuwehren, doch das Licht war so grell, dass mir nichts anders übrig blieb, als die Augen für einige Sekunden zu schließen. Als ich sie wieder öffnete, hatte sich die Wolkendecke schon wieder geschlossen. Und nicht nur die Sonne, auch der Mann war verschwunden.

Dann war Holger Bahnmüller bei mit angelangt. Ich hätte ihn mir nun greifen können, doch ich verharrte regungslos auf meinem Sitz, die Glieder schwer und kraftlos. Ich war kein Jäger mehr, sondern nur noch ein Gejagter. Ein einsamer Mann auf einer Bank, dem das Leben den Stinkefinger gezeigt hatte.

Aus der Nähe konnte ich feststellen, dass die Zeit auch an Holger nicht so spurlos vorübergegangen war, wie ich zuerst angenommen hatte. Er hatte scharfe Falten um Augen und Mund und obwohl ich nur wenige Sekunden lang Gelegenheit hatte, ihn genauer zu betrachten, konnte ich erkennen, dass Haare und Bart gefärbt waren. Dann war Holger an mir vorbeigetrabt, ohne dass irgendetwas darauf hindeutete, dass er mich wiedererkannt oder auch nur wahrgenommen hatte.

Mir war auf einmal, als wenn mein Kopf mit Watte vollgestopft wäre und meine Beine aus Pudding bestünden. Von einem Augenblick auf den anderen fühlte ich mich so alt und müde wie noch niemals zuvor. Mir schien, als wenn ich in der kurzen Zeit, in der ich Bahnmüller aufgelauert hatte, mehr Kraft gelassen hätte als bei der Abrechnung mit Mackrodt, die einen ganzen Tag in Anspruch genommen und mit dessen Tod geendet hatte.

Vielleicht liegt es daran, dass die Sache in Köln trotz allem ein Erfolg war und sich das hier als Fehlschlag erwiesen hat, überlegte ich. Oder daran, dass du die Sache mit

Mackrodt tausendmal vorher durchgespielt hast, während du bei Bahnmüller spontan und mit vollem Risiko angetreten bist. Ist aber auch scheißegal. Der Punkt ist, dass Holger davongekommen ist. Zwar nur um Haaresbreite, aber davongekommen.

Das Seltsame war, dass ich noch nicht einmal mit Gewissheit sagen konnte, dass ich diese Tatsache bedauerte. Und damit nicht genug, gleichzeitig stellte ich fest, dass sich auch meine Einstellung zu der Sache in Köln zu wandeln schien.

Nicht etwa, dass ich plötzlich irgendein Problem damit gehabt hätte, Mackrodts nutzlosem Dasein ein Ende bereitet zu haben. Im Gegenteil, es stand für mich nach wie vor fest, dass die Beseitigung dieser Ratte längst überfällig gewesen war. Aber die Art und Weise, wie ich ihn erledigt hatte, wie ich seinen Schädel in wilder Raserei zu Brei geschlagen hatte, ohne ihm die Chance zur Gegenwehr zu geben, die machte mir zu schaffen.

Es ist eine Sache, einen Mann anzugreifen, und eine andere, ihn zu exekutieren, dachte ich. Und ja, genau das ist es gewesen, eine Exekution. Und zwar eine, bei der der Scharfrichter die Kontrolle über sich verloren hat.

Gut, dass Mackrodt tot ist, diesen Satz hätte ich nach wie vor unterschreiben können. Aber gleichzeitig musste ich mir eingestehen, dass es mir inzwischen fast lieber gewesen wäre, wenn jemand anders die Drecksarbeit erledigt hätte. Vielleicht ist es überhaupt an der Zeit, den ganzen Scheißdreck zu vergessen und neu anzufangen, dachte ich, über mich selbst erstaunt. Vielleicht mit Galina?

Als ich Jogginganzug und Schuhe anzog, erforderte das meine ganze Konzentration. Als wenn ich Wochen im Krankenbett verbracht hätte und mich nun auf einen ersten zaghaften Spaziergang begeben wollte. Danach stieg ich nicht auf mein Rad, sondern schob es neben mir her, den ganzen Weg bis zu meiner Wohnung. Als ich an einem Kiosk haltmachte, um mir eine Flasche Korn zu kaufen – keinen Flachmann, sondern eine richtige – vergaß ich, das Rad abzuschließen, was mir bis dahin noch niemals passiert war.

Zu Hause angelangt machte ich mir nicht die Mühe, ein Glas zu holen. Noch im Flur öffnete ich die Flasche, ließ den Verschluss zu Boden fallen und hob sie an meine Lippen. Der Schnaps brannte zuerst in meinem Hals und dann, als er die Speiseröhre hinabbrann. Doch in meinem Magen angekommen, brannte er nicht mehr. Im Gegenteil, in meinem Magen verwandelte er sich in Wärme, die sich von dort aus in meinem ganzen Körper auszubreiten begann.

Endlich, dachte ich, endlich wieder festen Boden unter den Füßen. Ich fühlte mich, als wenn ich aus einem Alptraum erwacht wäre. Und zwar nicht wie im ersten Augenblick danach, wenn das Herz noch wild klopft und einem die Panik noch immer die Luft abschnürt, sondern wie einige Sekunden später, wenn man erkannt hat, dass man noch einmal davongekommen ist, wenn man verstanden hat, dass alles nur ein Traum war, wenn man sich den Schweiß aus dem Gesicht wischt und sich darüber freut, dass es vorüber ist, vielleicht noch immer ein wenig verdattert, aber zweifellos auf dem Weg der Besserung.

Weil mir der erste Schluck so gut getan hatte, nahm ich einen zweiten. Danach sah die Welt noch eine Spur besser aus. Die Ecken und Kanten waren zwar immer noch nicht verschwunden, aber sie wirkten längst nicht mehr so scharf und bedrohlich wie zuvor.

Mit der Flasche in der Hand spazierte ich ins Wohnzimmer. Dort machte ich vor dem Spiegel halt, um mein Gesicht darin ausgiebig zu betrachten. Dabei fragte ich mich, ob ich für Galina attraktiv war. Hatte ich etwas zu bieten, das eine Frau wie sie dazu bringen konnte, sich ernsthaft für mich zu interessieren? Hatte ich etwas zu bieten, das sie vielleicht sogar dazu bringen konnte, bei mir zu bleiben?

Nachdem ich einen dritten Schluck genommen und ein wenig vor dem Spiegel posiert hatte, kam ich zu dem Schluss, dass diejenigen, die behaupteten, dass ich eine gewisse Ähnlichkeit mit Neil Young hätte, wohl doch nicht so ganz auf dem Holzweg waren. Die markante Stirn, der skeptische Blick, die waagerechte Falte zwischen den Augenbrauen, die erschien, wenn ich nachdachte, der Abstand zwischen dem eigenwillig geschnittenen Mund und der leicht himmelwärts gerichteten Nase – zumindest eine entfernte Ähnlichkeit ließ sich wirklich nicht verleugnen. Und das nach hinten gekämmte Haar, früher einmal dunkelblond, inzwischen grau und nur noch an wenigen Stellen von dunklen Strähnen durchzogen, unterstrich diesen Eindruck noch. Ich gönnte mir einen weiteren Zug aus der Flasche und überlegte, wie mir ein Seitenscheitel stehen würde.

Wenn du Galina willst, dann musst du dich mit dem Zuhälter einigen, dachte ich, das ist der einzige Weg. Die Polizei kannst du nicht einschalten, solange die Suche nach dem Karnevalsmörder läuft. Aber dreißigtausend Euro? Das Geld hast du nicht. Und wenn du es hättest, wäre es Sünde und Schande, es einem Drecksack wie Franjo in den Rachen zu werfen.

Wie wäre es, wenn du diesem Schweinehund einfach den Arsch aufreißen und die Grütze aus dem Hirn prügeln würdest? So plötzlich wie mir dieser Gedanke gekommen war, so gut gefiel er mir auch. Ich kicherte in mich hinein und gönnte mir noch einen Schluck von dem Schnaps. Danach stellte ich verwundert fest, dass die Flasche schon über die Hälfte geleert war.

„Verdammt, ich reiße dir den Arsch auf und prügele dir die Grütze aus dem Gehirn, du Sau", sagte ich zu meinem Spiegelbild.

Der Satz schien anzukommen, der Mann im Spiegel verzog amüsiert die Lippen.

„Verdammt, ich reiße dir den Arsch auf und prügele dir die Grütze aus dem Gehirn, du Sau", wiederholte ich.

Und dann sagte mein Spiegelbild, ohne dass ich irgendetwas dazutun musste: „Verdammt, ich reiße dir den Arsch auf und prügele dir die Grütze aus dem Gehirn, du Sau."

„Wahrscheinlich denkt der Drecksack, dass ich Angst vor dem großen Russen habe", fuhr ich fort. „Aber eines ist klar, wenn hier irgendwer Angst vor irgendwem hat, dann ist es der große Russe, der Angst vor mir hat."

Mein Spiegelbild nickte zustimmend und genehmigte sich einen Schluck Schnaps, der nicht von schlechten Eltern war.

„Der Russe ist kein Problem und Franjo ist kein Problem", sagte mein Spiegelbild, nachdem es die Flasche abgesetzt und Atem geschöpft hatte. „Aber vielleicht gehören die beiden Schweinhunde zur russischen Mafia?"

„Zur russischen Mafia? Der Teufel soll die Russenmafia holen", gab ich zurück.

„Der Teufel soll die Russenmafia holen", sagte mein Spiegelbild und sah mich beifallheischend an. „Verdammt, der Teufel soll die Russenmafia holen."

Doch langsam gingen mir die ewigen Wiederholungen auf die Nerven.

„Der Teufel soll die Russenmafia holen", äffte ich mein Spiegelbild nach. „Halt doch einfach mal dein Maul." Der Mann im Spiegel hob die Kornflasche an den Mund und setzte sie erst wieder ab, nachdem der letzte Rest der durchsichtigen Flüssigkeit daraus verschwunden war. Dann beugte er sich vor, ein provozierendes Grinsen im Gesicht. Ich dachte, er wollte mir etwas ins Ohr flüstern. Aber nein, auf einmal brüllte er los wie ein Irrer: „Die Scheißrussenmafia kann mich mal. Die Scheißrussenmafia kriegt was in die Fresse."

Auf der Oberfläche des Spiegels sammelten sich kleine Tröpfchen, Spucke und Geifer, einfach ekelhaft.

„Hörst du schlecht? Du sollst dein dreckiges Maul halten", sagte ich.

Daraufhin nickte der Mann im Spiegel und ich hatte den Eindruck, dass er sich beruhigte. Doch dann begann er schon wieder, mir auf den Piss zu gehen.

„Hör zu", sagte der Mann, die Zunge nun schwer von Alkohol. Seine geröteten Augen bemühten sich, meinen Blick einzufangen. „Ich verrate dir ein Geheimnis."

Schwätz, schwätz, schwätz", sagte ich. „Verschone mich mit deinem Geschwätz."

Das Bild des Mannes wurde unscharf und einen Moment lang drohte es sogar, nach hinten wegzukippen. Nachdem ich es wieder eingefangen hatte, begann es, vor meinen Augen hin und her zu tanzen. Noch einmal musste ich meine ganze Konzentration aufwenden, um es unter Kontrolle zu bringen und wieder scharf zu stellen.

„Hör zu, mein Freund", wiederholte der Mann und beugte sich dabei so weit vor, dass sich seine Stirn und meine berührt hätten, wenn nicht das Glas des Spiegels zwischen uns gewesen wäre. „Ich verrate dir ein Geheimnis..."

Wenn es unbedingt sein muss, dachte ich.

„Die russische Mafia..."

„Was ist mit der russischen Mafia, verdammt?"

„Die russische Mafia..." An dieser Stelle machte der Mann eine Pause. Vielleicht weil er dachte, dass er mich dadurch auf die Folter spannen könnte, vielleicht aber auch nur, weil er zu besoffen war, um noch einen Satz zügig auf die Reihe zu bringen. „Die russische Mafia wird überschätzt."

Heilige Scheiße, dachte ich, der Typ ist plemplem, völlig durchgeknallt. Das hat keinen Sinne mehr mit dem, besser, ich verpisse mich.

Vorsichtig einen Fuß vor den anderen setzend steuerte ich mein Bett an. Die leere Schnapsflasche entglitt meinen Fingern und plumpste auf den Teppich. Als ich die Seitenwand des Bettes an meinem Schienbein fühlte, wusste ich, dass ich angekommen war. Ich ließ ich mich nach vorne fallen und landete weich.

Heini und die Belagerung von Jerusalem - Klappentext

Münster in Westfalen kurz nach der Jahrtausendwende. Heinrich-Maria Zaremba-Wittlich, den seine Freunde Heini nennen, ist ein Mann in den besten Jahren. Dass er als Sachbearbeiter im Bürgeramt arbeitet, ist eine Notlösung. Ursprünglich war er auf eine akademische Karriere aus, doch ein Nervenzusammenbruch, der von den Massenmedien weidlich ausgeschlachtet wurde, hat diese Hoffnung zunichte gemacht. Seither schlägt Heini sich eher schlecht als recht durchs Leben, unter anderem, indem er übermäßig Sport treibt, eher mittelmäßig Skat spielt und unmäßig Bier trinkt. Als er Gelegenheit erhält, mit einem bösartigen Stadtsoziologen abzurechnen, den er für seinen Zusammenbruch verantwortlich macht, zögert Heini nicht. Dass sich bald darauf die Polizei an seine Fersen heftet, wirft ihn nicht aus der Bahn, denn er hat seine Tat genau geplant und die Spuren nachher sorgsam beseitigt. Heini schickt sich sogar an, eine weitere alte Rechnung zu begleichen, was aber missling. Ins Schleudern gerät er erst, als ihn die Liebe zu der Ukrainerin Galina, die in Deutschland zur Prostitution gezwungen wird, in einen Konflikt mit der russischen Mafia treibt.

Kapitel 5

„Du hast schon wieder was machen lassen", sagte Arne Grigoleit, der mit nacktem Oberkörper in seinem Wohnzimmer stand. „Das sehe ich genau, Flepski."

Grigoleit hatte eine schlimme Nacht hinter sich und der Morgen war kaum besser gewesen. Noch immer fühlte sich seine Haut an als wenn er die Nacht in einem Termitenhügel verbracht hätte. Doch die Anwesenheit seines alten Freundes beruhigte ihn und erfüllte ihn mit neuem Optimismus.

„Ich weiß nicht, was du meinst", sagte Frieder Lepski, der eine Lupe in der Hand hielt, in die eine kleine Lampe eingebaut war.

„Erzähl keinen Scheiß", sagte Grigoleit. „Ich habe doch Augen im Kopf. Erst war es Marlon Brando, dann irgendwann George Clooney und jetzt bist du wohl auf dem Weg von George Clooney zu Rock Hudson. Habe ich recht, ist es Rock Hudson?"

„Rock Hudson?", gab Frieder Lepski zurück, während er nach Grigoleits Arm griff. „Warum eigentlich nicht? Rock Hudson klingt gar nicht so schlecht."

„Weil der auch schwul war?"

„Halt still, Arne", sagte Frieder Lepski und richtete das Vergrößerungsglas auf Grigoleits Handgelenk. Nachdem er es von allen Seiten betrachtet hatte, wandte er sich dessen Ellenbogen zu.

„Außer dir kenne ich keine Schönheitschirurgen", fuhr Grigoleit fort. „Aber ich bezweifle stark, dass es in deiner

Branche üblich ist, dass sich ein Operateur alle Nase lang selber unter das Messer legt. Oder irre ich mich?"

Und als Frieder Lepski nicht antwortete, fügte er hinzu: „Jetzt habe ich es. Es ist die Nase. Du hast wieder was an deiner Nase machen lassen."

„Unsinn", wehrte Frieder Lepski ab und ließ das Vergrößerungsglas Grigoleits Arm hinaufwandern, bis es dessen Schulter erreicht hatte.

„Du kannst es ruhig zugeben, Flepski", beharrte Grigoleit. „Wir sind doch unter uns. Und ich gehöre zu den wenigen, die sich noch daran erinnern können, wie du früher ausgesehen hast."

„Tatsächlich?", gab Frieder Lepski zurück. „Dann kannst du dich vielleicht ja auch noch daran erinnern, wie sie mich früher behandelt haben. Wie sie mich fertiggemacht haben. Dass es in der Schule Leute gab, die mich Epilepski genannt haben."

„Ja, aber die meisten haben dich Flepski genannt", sagte Grigoleit. „Fast alle."

Doch sein Freund ließ sich nicht beirren. „Und dann weißt du vielleicht auch noch, dass sich niemals auch nur eine einzige Frau nach mir umgesehen hat? Dass mich die Weiber wie Luft behandelt haben? Du warst immer der große Gutaussehende, den alle leiden konnten, aber ich war der kleine ausgemergelte Gnom mit der Spitzmausvisage."

„Dass sich ein Schwuler darüber beschwert, dass ihn die Weiber links liegen gelassen haben, ist schon ungewöhnlich, um es freundlich auszudrücken", sagte Grigoleit.

„Aber vielleicht war ich damals noch gar nicht schwul? Was dann, du Klugscheißer?"

„Natürlich warst du damals schon schwul, Flepski. Du bist schwul, seit ich dich kenne, schwul wie die Nacht."

„Arm hoch!", befahl Frieder Lepski mit der Autorität des Arztes.

Nachdem Grigoleit den Arm gehoben hatte, leuchtete er dessen Achselhöhle aus.

„Seit wann hast du den Ausschlag?"

„So wie er jetzt aussieht, erst seit kurzem", sagte Grigoleit. „Aber die ersten roten Stellen sind mir schon vor zwei Wochen aufgefallen."

„Dann hättest du auch schon vor zwei Wochen zum Arzt gehen müssen", sagte Frieder Lepski. „Oder macht es dir vielleicht Spaß, wie ein angesengter Zombie herumzulaufen?"

„Nein, das macht mir überhaupt keinen Spaß", sagte Grigoleit. „Wenn du nicht im Urlaub gewesen wärst, hätte ich mich auch schon früher gemeldet. Und außerdem dachte ich, das geht von allein wieder weg." Und kleinlaut fügte er hinzu: „Ich bin dir übrigens dankbar, dass du gleich gekommen bist."

„Keine Ursache", sagte Frieder Lepski. „Im Gegenteil, ich habe zu danken. Endlich mal eine Gelegenheit, einen Hausbesuch zu machen. Das kommt in meiner Branche nicht oft vor. Aber du bist kein Fall für einen Chirurgen, Arne. Du bist ein Fall für einen Hautarzt. Wenn die Haut aussieht wie ein angeschimmelter Kürbis, muss man zu einem Hautarzt gehen. Klingt doch logisch, oder?"

Grigoleit schüttelte missbilligend den Kopf.

„Rede nicht so einen Scheiß, Flepski. Du bist zwar ein Spinner, aber immerhin bist du Arzt."

„Arzt ja, aber eben kein Hautarzt."

„Aber du bist mein Freund, Flepski. Wenn ich schon zu einem anderen Arzt gehen muss, will ich wenigstens vorher

deine Meinung hören. Das kannst du mir ja wohl nicht ver-
denken."

„Meine Meinung willst du hören? Aber gern, Arne. Du
siehst scheiße aus, Arne! Das ist meine Meinung."

„Danke für die Expertise."

Frieder Lepski wandte sich Grigoleits Ellenbogen zu.

„Die Krusten sind rötlich oder bräunlich", murmelte er.
„Aber diese Pusteln und Papeln, das ist kein Rot, das ist
eher Violett oder Schwarz. Warum? Und dann dieser gelb-
liche Schorf an Stellen, die du gar nicht aufgekratzt hast.
Und das hier ist ein Furunkel, kein Zweifel. Und das hier
auch..."

„Zuerst waren es nur ein paar Stellen zwischen den Fingern und am Hals", sagte Grigoleit. „Letzte Woche ging es
dann auch auf der Brust und hinter den Ohren los. Und seit
gestern sitzt die Scheiße überall. Auf den Armen, auf den
Beinen, auf dem Arsch..."

„Das muss höllisch jucken", sagte Frieder Lepski und
ließ das Vergrößerungsglas sinken. Zum ersten Mal war
seiner Stimme so etwas wie Anteilnahme anzuhören.

„Worauf du einen lassen kannst", sagte Grigoleit und
kratzte sich mit einer Hand im Nacken und mit der anderen
an der Hand, mit der er sich im Nacken kratzte. „Es ist wirklich kaum auszuhalten. Am schlimmsten ist es nachts im
Bett."

„Das liegt an der Wärme", erklärte Frieder Lepski.

„Und jetzt musst du dir meine Beine ansehen, Flepski",
sagte Grigoleit und machte Anstalten, seinen Gürtel zu öff-
nen. „Ich glaube, die Beine sehen inzwischen schlimmer
aus als meine Arme. Losgegangen ist es an den Knien und
an den Fußgelenken und dann..."

„Nein, lass die Hose an", wehrte Frieder Lepski ab. Als Grigoleit einen Schritt auf ihn zu machte, wich er zurück. „Dein Hemd kannst du auch wieder anziehen."

„Das heißt, du hast genug gesehen?"

„Ja, es reicht."

„Dann hilf mir. Ich werde noch wahnsinnig, wenn das so weiter geht. Das hält keine Sau aus."

„Natürlich", sagte Frieder Lepski.

„Hilf mir, Flepski. Wozu bist du Arzt? Wozu bist du mein Freund? Kannst du mir was aufschreiben?"

„Natürlich", sagte Frieder Lepski. „Aber zuerst muss ich mir die Hände waschen."

Während Grigoleit nach seinem Hemd griff, verschwand sein Freund im Badezimmer.

„Ich muss telefonieren", sagte Frieder Lepski, nachdem er zurückgekommen war.

„Tu dir keinen Zwang an", sagte Grigoleit und deutete auf das Telefon, das neben der Couch auf einer Anrichte stand.

Doch Frieder Lepski schüttelte den Kopf. „Ich nehme mein Handy, da ist die Nummer gespeichert."

„Wie du willst", sagte Grigoleit, während er den obersten Knopf seines Hemds schloss.

Frieder Lepski zog sein Handy aus der Tasche, betätigte einige Tasten und führte es zum Ohr. Dann schüttelte er den Kopf.

„Ich gehe auf die Straße. Hier ist kein Netz."

„Seit wann das denn?" Grigoleit, der gerade dabei war, sein Hemd in die Hose zu stopfen, sah ihn erstaunt an. „Was hast du denn für einen Provider?"

Er wollte noch hinzufügen, dass Frieder zum Telefonieren auch auf den Balkon gehen könne, doch da hatte der kleine Mann die Wohnung schon verlassen.

Hunnenkrätze - Klappentext

Zehn Jahre vor Corona, heute schon fast vergessen, damals aber schockierend und zutiefst bedrohlich: Eine neue Krankheit bricht aus: Hunnenkrätze! Eine bislang unbekannte Form des Milbenbefalls, die in rasanten Schüben verläuft und im Extremfall sogar tödlich enden kann. Und wo bricht sie aus? Ausgerechnet im beschaulichen Münster, wo die Welt doch noch in Ordnung sein sollte. Und wer infiziert sich zuerst mit Hunnenkrätze? Ausgerechnet Arne Grigoleit, der ohnehin schon genug am Hals hat. Seine Anwaltskanzlei steht vor dem Ruin. Seine Ehe mit der attraktiven Jeannette, die sich in einen halbseidenen Investor verliebt hat, ist schon ruiniert. Wird Münster die Krankheit in den Griff bekommen? Ja, das schon, denn Doktor Eckard Kimmel, der Leiter des Gesundheitsamtes, tut alles, um die Epidemie einzudämmen. Aber hat Arne noch eine Chance, dem Verhängnis zu entkommen? Wohl kaum, sollte man meinen, doch die Hoffnung stirbt zuletzt.

Auszug aus **Zwanzig Sketche mit Herrn Schneider und Herrn Schröder** (erschienen 2024)

Gedankenlesen

Herr Schneider: Sie! Herr Schröder!

Herr Schröder: Ich?

Herr Schneider: Ja, Sie, Herr Schröder! Wissen Sie eigentlich, dass ich Gedankenlesen kann?

Herr Schröder: Was können Sie, Herr Schneider? Gedankenlesen? (lacht) So was Dämliches habe ich ja noch nie gehört...

Herr Schneider: In diesem Moment, Herr Schröder, denken Sie, dass ich gar nicht Gedankenlesen kann.

Herr Schröder: (weiterhin lachend) Ja, natürlich, Herr Schneider! (plötzlich innehaltend) Woher wissen Sie das?

Herr Schneider: Jetzt denken Sie, dass ich vielleicht doch Gedankenlesen könnte.

Herr Schröder: Unsinn!

Herr Schneider: Und Sie denken, was Sie denken könnten, um mich auf die Probe zu stellen.

Herr Schröder: Ja... also... vielleicht dachte ich tatsächlich etwas in dieser Art...

Herr Schneider: Und jetzt sind Sie so verwirrt, dass Sie gar nicht mehr wissen, was Sie denken sollen.

Herr Schröder: Sie! Ich warne Sie! Lassen Sie auf der Stelle meine Gedanken zufrieden! Man weiß ja schon gar nicht mehr, was man denken soll.

Herr Schneider: Aber ja, Herr Schröder, sehr gern. Ihre Gedanken sind doch stinklangweilig. Was Sie denken, denkt doch jeder.

Herr Schröder: Das ist ja eine Frechheit, was Sie sich hier rausnehmen! Eine Unverschämtheit ist das! Soll ich Ihnen mal sagen, was ich von Leuten wie Ihnen denke?

Herr Schneider: Nein danke, nicht nötig.

Zwanzig Sketche mit Herrn Schneider und Herrn Schröder - Klappentext
Die in diesem Buch enthaltenen Sketche sind vorwiegend in den achtziger und neunziger Jahren für den Hörfunk geschrieben und von öffentlich-rechtlichen Rundfunkanstalten produziert und gesendet worden.
Es handelt sich dabei um Dialoge zwischen Herrn Schneider und Herrn Schröder, die immer wieder ins Skurrile oder Groteske abgleiten und dabei einen hohen Unterhaltungswert entwickeln. Themen sind unter anderem Gedanken-

lesen, ein frustrierender Frisörbesuch, Kompetenzüber-
schreitungen, Sackratten oder der richtige Gebrauch eines
Anrufbeantworters. Auch verwickelte Namensfragen spie-
len eine Rolle, nämlich in dem Beitrag „Ich heiße Karl,
doch mein Spitzname ist Paul".
Alle Sketche dürfen genehmigungsfrei und kostenlos insze-
niert werden, soweit damit nicht in erster Linie kommerzi-
elle Ziele verfolgt werden und der Autor der Sketche Er-
wähnung findet. Dies gilt auch für die Aufzeichnung und
Verbreitung von Aufführungen.